주먹이 운다

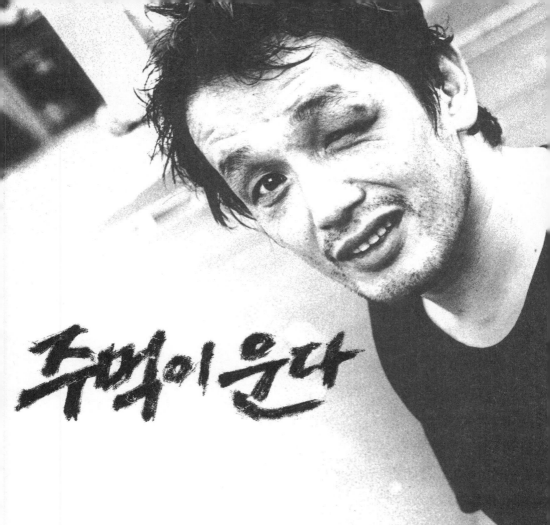

주먹이 운다

하레루야 아키라

윤덕주 옮김

rBook

일러두기

· 본문 중「*」표시는 독자의 이해를 위해 역자주를 붙여 놓았음을 의미합니다.

차 례

프롤로그 – 영화관 앞, 자정

나를 때려 주십시오

나를 때려 주십시오!

자정. 도쿄 신주쿠 가부키초의 고마 극장 앞 광장 –
나는 지나는 사람들을 향해 소리 높여 외쳤다.
"자, 누군가 날 때려 주십시오!"
일본 제일의 환락가는 오늘도 많은 취객들이 소용돌이치고 있
었다.
"제가 가부키초의 인간 샌드백입니다. 1,000엔에 1분 동안 실
컷 두들겨 패기! 자, 나를 때려 스트레스를 풀고 가십시오!"
그렇게 외쳐 대는 동안에 인파가 조금씩 나를 에워싸기 시작
했다.
"뭐야, 뭐야?"
"인간 샌드백이래."

"그래? 재미있을 것 같은데? 너, 해 봐라."

그렇게 말하고, 몇 명의 사내들이 나에게 다가왔다.

그중의 한 사내가 웃옷을 벗어젖히더니 그것을 한 친구에게 휙 던졌다. 힘깨나 쓰게 보이는 사내다.

사내는 바지 주머니에서 지갑을 꺼내 1,000엔짜리 지폐를 뽑아 들고 사람들이 둘러싼 원에서 튀어나오듯 내 앞에 섰다.

"한판 합시다. 1,000엔 내고 당신을 때리면 되는 거죠?"

"예. 고맙습니다."

나는 사내가 내민 돈을 두 손으로 받고, 그 대신에 사내에게 빨간 복싱 글러브를 건넸다.

사내는 글러브를 끼더니 그 두 팔을 빙빙 크게 돌리고는,

"각오하쇼. 실컷 두들겨 패 줄 테니."

그렇게 말하고 나서 글러브와 글러브를 펑펑 하고 마주 쳤다.

똑같은 글러브를 낀 나는 모여든 구경꾼들도 잘 들을 수 있게 소리쳤다.

"당신에게 주어진 시간은 1분입니다. 때리고 싶은 만큼 실컷 때려 주십시오. 물론 난 한 방도 당신을 때리지 않을 겁니다. 만일, 내가 도중에 다운 당해서 일어나지 못하게 되면 거기서 게임 오버가 되니까, 그땐 부디 용서해 주십시오!"

내 목소리를 듣고 구경꾼들이 일제히 몸을 앞으로 내밀어 관심을 보이기 시작했다.

"좋아, 때려눕혀!"

"맡겨 두라고."

사내는 친구의 응원에 답하더니, 시작 신호를 기다리지 못하겠다는 듯 스텝을 밟다가 기세 좋게 돌진해 왔다.

나는 사내의 움직임에 눈을 모았다.

사내가 오른쪽 주먹을 크게 휘둘러 내 얼굴을 노리고 날카로운 스트레이트를 날려 왔다.

나는 사내의 리듬을 틈타 가볍게 두세 번 발을 떼면서 그 펀치를 지켜보다가 약간 오른쪽으로 얼굴을 돌려 피했다.

헛치는 바람에 약간 비틀거렸던 사내는 재빨리 자세를 바로 잡고 이번에는 오른손 어퍼컷, 왼손 어퍼컷, 그리고 다시 한 번 오른쪽 스트레이트를 노렸다.

내가 잘은 풋워크로 그 주먹을 피하자, 사내는 쳇 하고 혀를 찼다. 발을 잠시 쉬면서 내 눈을 노려보는 모습을 보였다. 이번에는 사내 쪽이 내 움직임을 파악해 보려는 것 같았다.

격투기 경험자는 아닌 듯했지만, 펀치의 스피드와 파괴력은 보통 이상인 것 같다. 제대로 먹으면 상당한 타격을 입으리라.

"뭐야! 팍팍 때려!"

"날려 버려!"

친구들이 응원을 보냈다.

"쳐, 치라고!"

"때려눕혀!"

떠들썩한 관객들 사이에서도 여러 목소리가 날아왔다.

"좋아, 간다!"

사내는 결심을 한 듯, 다시 달려들었다. 크게 내지른 오른쪽
스트레이트가 내 코끝에서 예리하게 허공을 갈랐다.

이어 왼쪽, 오른쪽 하며 원 투를 내지른 뒤, 곧바로 왼쪽 어퍼
컷을 노렸다. 아까보다도 훨씬 작게 휘두른 만큼 사내의 펀치
가 이번에는 틀림없이 내 턱을 포착했다.

"퍽!"

친구들은 환호성을 질렀다.

"와아! 맞았다."

"좀 더!"

기세가 오른 사내는 더욱 앞으로 나오며 원, 투, 쓰리 하고 연
달아 펀치를 날렸다. 그중 세 번째 스트레이트. 사내의 오른팔
이 길게 뻗으며 내 왼뺨을 예리하게 스쳤다.

"슈욱."

사내의 숨결이 꽤 거칠어져 있었다. 하지만 손을 뻗는 횟수는
줄어들지 않았다. 좌우 훅 몇 방을 연타로 날리며 보디를 노렸
다.

나는 작게 사이드 스텝을 반복해 그것을 피하면서 사내의 표
정을 응시했다.

사내의 숨소리가 더욱 높아지고 있었다.

잠시 틈을 타 호흡을 가다듬은 사내는 다시 덤벼들었다.

앞으로 발을 내디디면서 연타, 다시 앞으로 내딛고 나오면서

연타. 조금 전까지 했던 것과는 달리 어딘가를 겨냥한다고 하기보다는 여러 번 치면 어딘가에 맞겠지라는 식의, 마구잡이 펀치가 되어 있었다.

대부분의 펀치를 보고 피할 수 있었지만, 그래도 보디에 두 방, 안면에 한 방, 우발적인 펀치를 얻어맞고 말았다. 직접 펀치를 맞지는 않아도 내가 글러브로 방어한 곳에 사내의 펀치가 세차게 닿을 때마다 퍽, 퍽 하고 주위에 울려퍼졌다.

그 소리에 민감하게 반응하여 구경꾼들이 커다란 환성을 지른다.

"그렇지, 바로 그거야!"

"그냥 막 휘두르잖아!"

나는 약간 몸을 움츠리듯 하여 방어하면서도 상대방이 내 얼굴을 잘 볼 수 있게 글러브를 낮게 내려, '자, 덤벼라.' 하는 표정을 지어 보였다.

여기에서 얼굴을 감춰 버리면 인간 샌드백이 아니다. 백 스텝을 너무 많이 써서 도망쳐 다니는 일 따위는 안 된다. 어디까지나 상대의 펀치가 내 몸에 닿을 수 있는 거리를 유지하면서, 상대편이 보기에는 언제든지 때릴 수 있을 듯한 모습으로 펀치를 기다려야만 한다.

사내는 얼마 남지 않은 시간을 아끼려는 듯 내 안면을 향해 마지막 총공격을 퍼부어 왔다. 사내가 펀치를 뻗는 수가 많아지면 많아질수록, 구경꾼들의 함성이 커진다. 그 함성에 이끌려 사람들이 만든 울타리는 더욱더 커져 간다.

"해치워!"

"때려눕혀!"

머리를 들이밀듯이 파고들면서 옆으로 펀치를 후린 사내의 오른쪽 주먹이 내 옆구리를 때렸다. 될 대로 되라는 식으로 휘둘러 온 만큼 힘 있는 펀치였다.

그 펀치를 맞고 나도 모르게 몸이 굳어졌을 때, 마침 1분이 경과했다.

1분 동안 이렇게 쉬지 않고 끝까지 주먹을 날리다니, 격투기 경력이 없는 사람이라고는 생각할 수 없을 정도로 벅찬 손님이었다.

사내는 타임업 소리를 듣자 바로 손을 멈추고 글러브를 낀 두 손을 무릎에 대고 몸을 굽혀 땅바닥을 향해 거친 숨을 토해 냈다.

"헉 헉, 생각 이상으로 잘 안 맞는군……."

나는 그 어깨를 가볍게 껴안듯이 하면서 목소리를 높였다.

"아니, 셉니다. 꽤 얻어맞았는걸요……."

내 숨도 조금 거칠어져 있다. 긴 1분이었다.

"난 옛날부터 싸움이라면 누구에게도 져 본 적이 없어. 틀림없이 당신을 때려눕힐 수 있을 거라고 생각했는데……."

사내는 심호흡 중간 중간에 그렇게 말하더니, 고개를 들어 권투 시늉을 해 보이면서 이렇게 물어 왔다.

"당신, 복싱했지?"

"예. 옛날에 조금 했죠."

"그랬군. 그래서 그런 몸놀림이었군."

글러브를 벗고 친구에게서 웃옷을 받아든 사내는 처음으로 웃는 얼굴을 떠올리며 이렇게 말했다.

"고마워요. 어쩐지 가뿐해졌어요."

"저야말로 고맙습니다."

"늘 여기서 장사하는 거요?"

"예. 매일 밤, 여기 서 있습니다."

사내는 조금 전까지 휘둘렀던 오른손으로 내게 악수를 청해 왔다.

"또 들르지요."

"다시 부탁드리겠습니다."

나는 깊이 머리 숙여 인사를 하면서 사내의 손을 꼭 잡았다.

사내가 손을 흔들면서 사라지자, 기다렸다는 듯이 월급쟁이 차림의 젊은이 두 사람이 말을 걸어 왔다.

"우리도 해도 됩니까?"

"고맙습니다."

나는 두 사람에게서 1,000엔짜리 지폐를 한 장씩 받은 다음 타월로 얼굴의 땀을 닦았다. 이제는 완전히 누렇게 변한 흰 타월이 약간 붉게 물들었다. 아무래도 조금 전 손님이 날린 펀치에 입술이 터진 모양이었다. 다시 한 번 입 주위를 닦고, 타월로 얼굴을 덮은 상태에서 입 안의 침과 피를 짜내듯이 퉤 하고 뱉어냈다. 여느 때와 같은 피의 뒷맛이 입 안에 퍼졌다.

두 명의 남자들은 앉았다 일어났다 하면서 몸을 풀며 나름대로 준비를 하고 있다.

나는 구경꾼들에게도 잘 들리도록, 아까 이상으로 큰소리로 외쳤다.

"자, 난 인간 샌드백입니다. 1분에 1,000엔. 맘대로 때려 주십시오. 만일 제가 쓰러져 일어나지 못하게 되면 시합은 거기에서 끝……."

사람 울타리가 더 커졌다. 오늘 밤도 그럭저럭 장사가 될 분위기다.

내가 이런 장사를 시작한 것은 지금부터 약 2년 전, 1998년이 저물기 시작했을 무렵이다.

당시, 경영하고 있던 회사는 어떻게 자금 융통을 해 볼 수도 없는 지경에 이르러 이곳저곳에 줄 돈은 물론이고 사원들 월급마저 줄 수 없게 되었다. 가족의 생활비조차 대기 힘든 상태에 빠져 버렸다.

은행, 사채, 형제, 친척, 친구, 아는 사람 등등, 빌릴 수 있는 대로 돈을 꾸다 보니 내 부채 총액은 1억 5,000만 엔을 넘고 있었다. 이제 만 엔짜리 한두 장도 빌릴 데가 없어졌다.

이렇게 되었으니까 개인파산이나 야반도주? 아니, 목숨을 끊고 끝장을 내?

 그러나 나는 그 어느 것도 선택하지 않았다.

 "도망치고 싶지 않다. 난, 절대 도망치지 않겠다."

 아무 데로도 도망치지 않고, 살아서, 이 몸뚱이 하나로 어떻게 든 버텨 내고 싶다.

 갖은 짓을 다한 끝에 내게 남겨져 있던 것은 실로 몸뚱이 하나 뿐이었다.

 20세부터 28세까지, 한때 프로 복서로서 링에 올랐던 이 몸뚱 이만은 죽여도 죽지 않을 만큼 튼튼하게 만들어져 있다. 내게 남겨진 유일한 자본은 이것밖에 없다. 좋다, 여기까지 왔으니 이 몸뚱이로 어떻게든 다시 한 번 일어서는 것을 보여 주자.

 그렇게 결심한 나는 말 그대로 목숨을 걸고 인간 샌드백 장사 에 나섰던 것이다.

 1분 동안, 한 사람의 손님에게 맞고서 1,000엔. 1억 5,000만 엔을 갚기 위해서는 15만 명에게 맞아야 한다.

 지금까지 나는 모두 합해 약 8,000명에게 맞았다. 때로는 전 프로 복서의 펀치를 관자놀이에 정통으로 맞는 통에 다운되기 도 했고, 때로는 야쿠자의 혹 세례를 받고 흉골이 골절되기도 했다. 그 외에도 갈비뼈가 부러지거나 다리를 삐는 일은 지병 처럼 만성화되었다. 이마가 찢어지거나 코피를 흘리거나 입 안 이 찢어지는 일 따위는 학교 선생님이 분필가루를 옷에 묻히는 것이나 다름없는 일이어서, 그런 정도를 가지고 한탄하고 있다가는 장사를 할 수가 없다.

"그러다간 언젠가 죽고 말 거야."

그렇게 가족이나 주변 사람들의 큰 반대에 부딪치면서도 길 위에 서 왔다.

현재, 우리 회사는 거의 휴업 상태이다. 사원들은 회사를 떠나 저마다의 길을 걷고 있다.

그래도 나까지 회사를 내팽개칠 수는 없으므로 등기부상으로는 여전히 사장이다. 1억 5,000만 엔의 부채는 모두 내가 짊어지고 있는 것이다.

"난 도망치지 않는다."라고 말한 이상, 나는 목숨을 내던져서라도 빚을 갚아 갈 생각으로 살고 있다.

그러나 '목숨을 내던져서'라고 떠드는 것이야 내 맘이지만, 맞아 죽어 버리면 남겨진 아내와 세 아이들은 어떻게 되겠는가.

인간 샌드백을 시작하는 데에 크게 반대했던 아내는, 당연하게도 내가 장사를 하고 있는 현장에 발을 들여 놓은 적이 없었다.

그런데 어느 날 아내가 반강제로 내가 아는 사람에게 이끌려 왔다. 한밤중, 모여든 사람들의 그늘 속에 숨어서 나의 모습을 보고 있던 아내는 장사를 마친 내게,

"잘 있었어요? 오랜만이에요."

하고 조용히 말을 걸어 왔다. 약 한 달 만의 부부 대면이었다. 우리는 24시간 영업하는 찻집에 들어갔다. 가게 안은 시간을

잊고 즐겁게 대화를 나누고 있는 커플과 친구끼리 놀러 온 손님들로 떠들썩했다. 밝게 웃는 소리가 여기저기에서 어지럽게 오가는 와중에 나와 아내는 테이블을 사이에 두고 마주 앉았다.

잠시 말을 잃고 있는 아내 앞에서 나는 꼬깃꼬깃한 1,000엔짜리를 한 장 한 장을 펴며 그날의 매상을 계산했다. 1,000엔짜리 지폐가 36장, 3만 6,000엔. 하룻밤 동안 36명을 상대한 돈이었다.

"자, 오늘 매상."

나는 그렇게 말하고 차곡차곡 포갠 1,000엔짜리 지폐들을 아내의 커피 잔 옆에 놓았다.

"괜찮아. 어쨌든 난 이렇게 해서 버티고 있으니까."

"……."

"어떻게든 될 거야."

"괜찮아.", "어떻게든 될 거야.", 그저 그 말만을 반복하고 있는 나를 보고 아내는 천천히 입을 열었다.

"무슨 소릴 하는 거예요……. 뭐가 괜찮냐고요……."

"뭐가라니, 다 괜찮단 말야."

아내는 내 얼굴을 다시 뚫어지게 쳐다보더니 마치 어린애에게 말을 걸듯이 이렇게 말했다.

"이렇게 얼굴이 부어가지고……. 나, 오늘 도저히 못 보겠더라고요……. 당신, 이러다 정말 죽겠어요."

"괜찮아, 걱정 마. 조만간 한 방에 역전시킬 테니까."

"또 그런 바보 같은 소릴……."

아내는 침착한 말투로 말을 이었다.

"당신은 요 몇 년 동안, '괜찮아, 어떻게든 될 거야.'라고 말을 해 왔지만, 전혀 달라진 게 없잖아요."

지금까지 가족들을 힘들게 만들어 온 사실을 새삼 떠올린 나는 스스로가 한심스러운 나머지 눈물이 복받쳐 왔다.

아내가 내게 손수건을 내밀었다.

"울지 말아요. 울고 싶은 건 나예요."

"미안……."

정말, 그 말이 맞다. 가족을 울리고 있는 내가 훌쩍거리고 있을 입장이 아니다. 내가 보내는 돈이 모자라 아파트 월세를 석 달 치나 밀려 애를 먹고 있는 것은 아내이고 아이들인 것이다.

"당신이 우릴 위해 이런 각오로 버티고 있다는 건 알아요. 하지만……."

아내는 거기까지 말하더니 다시 입을 다물었다.

아무리 가족을 위해서라고 해도, 이런 어리석은 짓은 그만두었으면 좋겠다. 아내가 그렇게 말하고 싶어하리라는 것은 나도 알고 있다.

하지만 지금의 내게는 이것밖에 할 수가 없다. 눈물과 피와 땀을 깨끗하게 닦고서 다시 길거리에 서는 수밖에 없는 것이다.

"자, 누구 날 때려 주십시오!"

1장 왜 나는 맞고 사는가

빚이 1억 5,000만 엔으로
자살하느니 맞으며 산다

빚이 1억 5,000만 엔으로

인 간 샌 드 백 이 되 어
사 원 들 의 월 급 을 벌 다

"사장님, 이번 달에도 또 월급이 안 나오는 겁니까?"

이미 우리 회사는 자금 융통 악화로 말기적 증상에 빠져 있었다. 마지막 발버둥으로 하루 종일 돈을 마련하러 뛰어다니다가 아무런 성과도 없이 망연자실하여 밤늦게 회사로 돌아온 나를 한 사원이 기다리고 있었던 것이다.

"미안해. 발버둥을 쳐 봤는데, 돈을 마련하지 못했어. 조금만 더 기다려 줘."

"지금 회사가 어렵다는 건 알고 있습니다. 하지만 저도 어떡해야 좋을지 모르겠습니다. 아파트 월세도 못 내고 내일 밥값도 없단 말입니다."

"좋아, 알았어. 어떻게든 해 볼게."

나는 모종의 결심을 하고 사원과 함께 신주쿠 거리로 나왔다.

신주쿠 역 동쪽 출구 알타 쇼핑몰 앞.

회사를 마치고 집으로 돌아가는 사람들과 젊은이들이 북적거리고 있는 가운데, 나는 큰소리로 외쳤다.

"자, 여러분. 전 인간 샌드백입니다. 누구 1,000엔을 내고 날 때려 주시지 않겠습니까!"

주위 사람들은 모두,

"뭐야? 저 자식은."

하는 눈으로 나를 보았다.

방금 전까지 함께 있었던 사원은 인파 속으로 숨어 버렸다.

"자, 1분 동안 단돈 1,000엔에 실컷 저를 때릴 수 있는 겁니다. 어느 분이 해 보시겠습니까!"

대부분의 사람들이 이상하다는 눈으로 보든가 무시해 버리는 가운데 하나 둘 나에게 관심을 보이는 사람이 나타났다.

"뭐요, 당신?"

"인간 샌드백입니다. 1분간 1,000엔에 실컷 때리기. 어떻습니까? 해 보지 않으실래요?"

"이 글러브로 하는 거요?"

"그렇습니다. 복싱 스타일로 때리면 됩니다."

"그럼, 한번 해 볼까?"

일단 이로써 1,000엔을 벌었다.

한 사람이 나서면 반드시 후속 손님이 나온다. 처음 10분 동안 나는 세 명의 손님을 상대해 3,000엔을 벌었다.

좋았어, 이런 식으로만 가면 괜찮은 벌이가 될지도 모른다.

그렇게 생각했을 때, 쇼핑몰 안에서 경비원이 튀어나왔다.

"당신, 여기서 이런 짓을 하면 곤란합니다. 어디 다른 데 가서 하지 그래요."

"좀 봐줄 수 없습니까?"

"안 돼요, 안 돼."

순순히 짐을 꾸려 물러나는 수밖에 없을 것 같았다. 나는 그때까지도 숨어 있던 사원을 찾아내 터벅터벅 쇼핑몰 앞의 인파를 떠났다.

"미안하다. 이것밖에 안 되지만 받아."

나는 방금 번 3,000엔을 사원에게 건넸다.

"다음엔 다른 장소를 찾아보자."

사원은 뭐라 말할 수 없는 참담한 표정으로 나를 보았다.

'어떻게 내가 이런 바보 같은 사장 밑에서 일하게 됐을까?'

그렇게 생각하고 있는 것이 틀림없었다.

사원은 3,000엔을 꼭 쥐고,

"사장님, 사장님이 어떡해서든 간에 저를 위해 돈을 만들어 보려는 마음은 잘 알겠습니다. 하지만, 더 이상 이런 짓은 하지 마세요."

그렇게 말하고, 눈에 눈물을 머금고 있었다.

"미안하다……."

그 이상, 아무 말도 하지 못하고 있는 나에게 사원은 말했다.

"힘내세요. 같이 힘을 내서 회사를 다시 일으켜 세워 봐요."

"고마워."

나는 더 이상 길 위에 서는 것을 그만두고 사원과 둘이서 신주쿠를 뒤로 했다.

사원을 울리는 바보 사장. 사원을 길거리에서 헤매게 만드는 엉터리 회사. 대체 우리 회사가 어쩌다 이런 꼴이 되고 말았을까?

우리 회사는 전기 공사 회사이다. 회사를 세운 것은 1993년 말. 건설업계 경기가 하강곡선을 그리고 있다고는 해도, 다행스럽게도 일은 계속해서 들어왔다.

작은 오두막집 같은 사무실을 빌려 네 명이서 시작한 회사도 사업 확대에 따라 요코하마에 200평 정도의 부지를 빌려 사무실과 창고를 만들었고, 사원 수도 어느새 20명으로 늘어나 있었다.

당초에는 4~500만 엔 정도의 공사를 수주하는 것이 고작이었는데, 수천만 엔 규모의 공사를 직접 종합건설업자에게서 하청을 받을 때도 있었다. 첫해에 약 1,500만 엔이었던 연매출이 2년 차에는 1억 4,000만 엔 정도로 늘어났다.

한 달에 수천만 단위의 돈이 들고 나는 상태가 되자 은행 지점
장급의 사람이 와서,

"사장님, 감사합니다."

하고 깊숙이 머리를 숙이고 갔다.

'어허, 어쩐지 우리도 그럴싸한 회사가 된 것 같군.'

그런 생각을 하고 있는 사이에 실은 마의 손길이 조용히 다가
오고 있었다. 아니, 그 마의 손길이란 것은 나 자신의 손이었다
고 말할 수도 있겠다.

우쭐한 기분에 빠져든 나머지 서서히 감당하기 버거운 큰일에
손을 뻗었던 것이다.

"괜찮아. 열심히 하면 어떻게든 될 거야."

그렇게 말하고 큰 공사를 잇달아 하청 받다가 차츰 관리를 할
수 없게 되고 말았다.

그러나 거기까지 일을 벌인 데에는 나름의 사정이 있었다. 밀
어닥치는 불경기로 인해 건설업계 내의 중소기업은 하나도 빠
짐없이 괴로운 지경이었다. 하청에 재하청, 또 재재하청이라는
구조 속에서 통상적인 어음 돌리기가 파탄을 초래했던 것이다.

생각과는 달리 어음을 현금으로 만들지 못하는 경우가 생기
면, 일을 받아 놓고도 자금 융통이 안 되는 상태가 된다. 그렇
게 되면 제대로 공사를 하고서도 적자를 보고 마는 경우가 생
긴다. 그럼 또 그 적자를 메우기 위해 무리해서 다른 공사를 맡
는 식의 악순환이 시작되고 마는 것이다.

이러한 악순환 속에　　　**인 간 은 착 한 존 재 라 고 믿 다**

서　원청회사에서는

자꾸 지불을 늦추기만 했다. 그러는 한편으로, 우리 회사에서

하청을 받아간 마지막 단계의 회사는 울며 매달린다.

"사장님, 저희도 죽겠습니다. 어떻게든 돈 좀 미리 주실 수 없

겠습니까?"

이런 때, 내 대답은 한결같았다.

"알았어. 내가 어떻게 해 보지."

결국에는 어찌어찌해서 돈을 선불로 주었는데도 그 회사는 공

사 기한에 맞추지 못하고 공사를 도중에 내팽개쳐 버리는 경우

가 여러 번 있었다. 그렇게 되면 도망친 회사가 펑크 낸 일까지

우리 회사가 책임을 지고 막지 않으면 안 되는 상황이 되므로

잠도 못 자고 쉬지도 못 하면서 몇 날이고 작업을 계속해야 하

는 지경에 이른다.

그래 봤자 돈만 받고 도망친 회사가 있으니 수지는 큰 적자.

3,000만 엔짜리 공사를 마치고서도 그만큼의 돈을 도로 내놔

야 하는 경우도 있었다.

이러한 악순환 속에서도 적자를 메우기 위해서는 결국 새로운

공사에 손을 대는 수밖에 없다. 통상적인 경우라면 현장에 60

명은 필요한 공사를 동시에 두 개나 하청을 받아 오기도 했다.

감당할 수 없을 공사를 해내려고 다른 회사에 주는 외주를 늘

리다 보니 관리가 미치지 못하게 되고 만 것이다.

직원들은 아무리 회사가 어려운 지경에 빠져도 불평 한마디 않고 쉬는 날도 없이 함께 일해 주었다. 힘든 공사가 계속되는 가운데의 휴식시간, 지칠 대로 지쳐 자고 있는 직원들의 얼굴을 보고 있자면,

'이렇게 열심히 하는 직원들에게 더 많은 월급을 주고 싶다.'

라는 생각이 든다. 그러나 현실 속에서는 그 반대 방향을 향해 나아가고 있을 따름이었다.

그 최대의 원인은 말할 것도 없이 내가 경영자로서 너무 안이했던 탓이다.

"회사라는 건 아무리 작아도 사회적인 존재다. 그렇다면 사장이나 사원이나 인간답게 일하고 싶다. 어떤 때든지 힘든 사람이 있으면 도와주자."

그런 나의 경영철학이 송두리째 헛수고였던 셈이다.

천성이 정에 이끌리기 쉬운 나는,

"제발 부탁드립니다."

라면서 누군가가 울며 매달리면 어쩔 도리가 없다.

'이 사람도 불쌍하구나.'

하고 생각한 다음 순간,

"좋아, 알았어."

라고 대답하는 것이다.

'이래서야 경영자로서 실격이다.' 라는 것을 알면서도 돈을 건네고 만다. 거기에 보증인이 되어 도장도 찍어 준다.

나는 어떤 경우라도 사람을 믿으며 살고 싶다. 현실적으로는 그런 탓에 실패만 하고 있지만, 그래도 그런 마음에는 변함이 없다. 그런 나를 '바보 이반처럼 성선설(性善說)을 믿는다'고 사람들은 말한다.

그러나 세상에 태어나면서부터 나쁜 사람은 없다. 세간에서 나쁜 사람이라고 불리는 사람도 불행한 환경 탓에 어쩔 수 없이 나쁜 인간 흉내를 내며 살아가고 있을 따름이다.

우리 회사 돈을 가지고 도망친 사람도 착한 사람이고, 나를 속인 하청 회사 사장도 착한 사람이다. 나를 보증인으로 세우고서 행방을 감춘 지인도 착한 사람이다.

그런 사람들 가운데에는 처음부터,

'그 사장은 속이기 쉬우니까 돈을 빼낼 수 있는 한 빼내자.'

라는 확신범 같은 사람도 있을 것이다. 그래도 나는 그들을 미워하지 않는다.

인간 샌드백을 시작하고 나서도 그런 생각은 변하지 않았다.

인간 샌드백을 오래 해 감에 따라 심판이나 시간을 재 주겠다면서 도와주는 사람이 몇 사람 생겨서 매일 돌아가면서 얼굴을 내밀게 되기도 했다. 그런 사람들끼리 서로 얼굴과 이름을 기억하게 되어 친구도 되었다.

그러다가 그들에게 짐 관리를 부탁하기도 하고 벌은 돈을 맡기게 되기도 했는데, 완전히 믿고 있었던 그들 중 한 사람이 그 소중한 돈을 가지고 달아나 버린 적이 몇 번인가 있다.

그래도 그들을 탓하고 싶지는 않다. 그들 역시 힘든 것이다. 내가 어떤 생각으로 인간 샌드백을 하고 있는지, 잘 알고 있으면서도 내 돈을 갖고 가지 않으면 안 될 정도로 힘든 것이다.

그들이 어느 날인가 마음의 괴로움을 견디지 못해 돌아온다면,

"어이, 좀 늦었군. 기다리고 있었네."

하고 웃는 얼굴로 맞아 주고 싶다.

어쨌든, 나는 옛날부터 뭐든 낙천적으로 생각하는 성격이다.

회사에서도 사람을 채용할 때,

'으음, 이런 사람은 다른 데선 절대로 고용하지 않겠군.'

하고 생각되는 사람까지 나는 망설이지 않고 채용했다.

그런 사원이 입사해서 얼마 지나고 보면, 아니나 다를까 고참 사원이 보고하러 온다.

"사장님. 그 녀석은 안 되겠습니다."

그런 때 나는 이렇게 질문한다.

"얼마나 안 되는데? 자네가 그 친구에게 10을 바란다면 실제로는 얼마 정도지?"

"2 정도죠."

"그럼, 10 중 8은 엉망이라고 해도 2 정도의 좋은 점은 있는 거로군."

"뭐, 그렇게 말씀하시면 그렇습니다만."

"그럼, 그 2를 높이 사 줘. 그러다 보면 2가 6이 되고, 10이 되

고 또 20이 되게 우리 손으로 노력해 보지 않겠어? 난 이 회사를 그런 회사로 만들고 싶어."

그런 말을 들으면 고참 사원은 마지못해 일터로 돌아가고는 했다.

예전에 난 사원들에게 이렇게 말했다.

"이 회사는 모두가 사장이다. 한 사람 한 사람, 자기 회사라고 생각하고 열심히 하자."

영업 담당은 판매 회사의 사장, 현장 담당은 시공 회사의 사장, 경리 담당은 경리 회사의 사장이라는 생각을 가지고 한 사람 한 사람이 경영자가 된 것처럼 회사의 이익을 생각하고 책임감을 갖자…….

실제로 급여 체계도 그런 정신으로 만들었다. 그런데 그렇게 하니 정말로 모두가 사장처럼 되었다. 우스갯소리 같지만, 사장은 사장인데 건들거리면서 아무 일도 하지 않는 사장을 머릿속에 담아 버리고 만 것이다. 모두가 그런 사장이 되어 버리니 실무가 도무지 진행되지 않았다.

"난 사장이니까 일할 수 없어."

"난 사장이니까 회사 경비를 마음대로 쓴다."

이상한 회사가 되고 말았던 것이다. 사원 모두 일체감을 가지자는 의도가 완전히 빗나갔다. 정말이지 멍청한 얘기지만, 그 이후에도 내 참뜻을 사원들에게 전하는 데 나는 상당히 애를 먹었다.

거북이보다느린걸음

멍청한 '사장 만유기(漫遊記)'와도 같았던 시대도 벌써 옛 얘기가 되고, 회사는 비극의 시대로 접어들고 있었다. 나는 어떻게든 타개책을 찾으려고 아는 경영 컨설턴트 회사로 달려가 상담을 받기로 했다.

"으음. 이건 상당히 어렵게 됐군요."

새빨간 장부를 노려보면서 컨설턴트가 중얼거렸다.

"어떻게든 도와주십시오."

"하는 데까지 해 봅시다. 하지만 각오는 단단히 해 두셔야 합니다."

무슨 각오인가는 물을 필요도 없었다.

그 달부터 다달이 10만 엔의 컨설턴트 비용을 지불하면서 만회를 향한 희망을 이어가게 되었다.

그만한 돈을 변통해 내는 것조차 힘겨웠지만, 왕년의 권투 선수가 주연으로 나오는 사장 만유기나 계속 찍고 있다가는 결말이 뻔했다. 강력한 게스트의 출연 없이는 해피엔딩 드라마가 될 수 없는 지경까지 와 버렸던 것이다.

공사 현장만 본다면 회사는 잘 움직였다. 그러나 여기저기 업자 간에 모럴 헤저드가 일어나는 경우도 있었고, 어음 결제나 자금 순환도 악화 일로를 걷고 있을 따름이었다. 난 어쨌든 현금이 필요했다.

그때, 공사 현장에서 알게 된 업자가 선술집 경영권을 사지 않겠느냐는 얘기를 꺼내 왔다.

물장사 = 매일 현금 수입. 이런 타이밍에, 이토록 쉬운 방정식은 없었다. 너무나도 매력적인 얘기였다.

나는 바로 컨설턴트에게 상담했다.

"선생님, 이 건에 덤벼 봐도 괜찮을까요?"

"예. 검토할 가치는 있군요. 물건이 괜찮기만 하다면 회사 입장에서도 충분히 도움이 될 겁니다."

나는 즉시 점포를 보러 도쿄 역 야에스 출구 근처의 먹자 거리로 발길을 옮겼다.

밤 7시. 목적지인 꼬치구이 집은 영업 중이었다. 나는 일반 손님인 양 문을 열고 들어갔다. 가게 안은 샐러리맨들로 북적거리고 있었다. 꼬치구이도 맛이 없지 않았다. 25평에 임대료는 35만 엔.

컨설턴트에게 주판알을 튕겨 보게 하니, 손익분기점은 하루 14만 엔. 지금 상태로도 그 정도 매출은 충분히 달성하고 있는 것 같았다. 잘하면 매일 현금을 만질 수 있을 듯했다.

이 가게의 영업권을 300만 엔에 팔고 싶다는 것이 전 주인의 희망이었다. 비품을 포함한 일체를 그대로 두고, 이를 테면 몸만 빠져나가겠다는 것이었다. 내가 원한다면 주방장을 비롯한 다른 종업원이 남아 줄 수도 있다고 했다.

나는 그 가게의 명물이라는 찜 요리를 먹으면서 마음을 정했다.

'사자.'

그러나 초기 투자액 300만 엔은 회사의 현재 상황을 볼 때 상당한 거금이었다. 컨설턴트의 판단도 중요했다.

컨설턴트는 숫자상의 문제나 파는 사람 쪽의 배경까지 조사한 다음에 GO 사인을 냈다.

나는 필요한 최소한의 종업원에게 남아 달라고 부탁하고, 스스로도 본업과 겸해서 가게에 나오기로 했다. 점장을 고용해서 완전히 맡기는 방법도 있지만, 그렇게 하면 그만큼 인건비도 더 들기 마련이다.

가게를 인수한 그날부터 낮에는 공사 현장, 밤에는 공사가 끝나자마자 선술집으로 직행하여 심야까지 점장으로 일하는 이중생활이 시작되었다.

아침부터 공사 현장에서 땀과 먼지에 뒤범벅이 되어 일한 다음에 잠깐 선술집에 들러 차가운 생맥주와 닭꼬치 구이로 그날의 피로를 푸는 것이 공사판에서 일하는 사내의 소소한 행복이다. 그런데 내 경우에는 현장일이 끝나 봤자 부근에서 일하고 온 사람들에게 생맥주와 닭꼬치 구이를 갖다 바칠 뿐이지 내 입에 들어오는 것은 하나도 없다.

내 입은 그냥,

"어서 오십시오. 손님, 오늘도 멋지시군요!"

라고 손님의 기분을 띄워 주기 위해 있는 것이었다.

원래 난 그런 것을 싫어하는 타입은 아니다. 공사 현장에서는,

"어이, 일본 제일의 현장 감독! 현장 제일의 미남!"

하고 건설회사의 사람들을 북돋워 준다.

"뭔 소리 하는 거야? 정말이지 변죽도 좋은 전기장이야."

라는 말을 늘 듣지만, 어차피 일을 할 바에는 현장이란 곳은 밝은 편이 좋지 않은가. 어느 현장에 가든 다른 업자까지 끌어들여 밝고 즐거운 현장으로 만들어 놓는 것이 내 주특기였다.

그렇게 손님을 맞는 태도에 성과가 있었던 것인지 가게는 장사가 잘 되어서 하루에 15만 엔에서 18만 엔의 매상이 올랐다. 날마다 목적한 돈이 들어와 주었던 것이다.

선술집만 경영하는 것이라면 충분히 장사가 되었을 테지만, 본업 쪽의 자금 융통은 전혀 나아질 줄을 몰라서 가게의 이익이 곧바로 전기회사 쪽으로 빨려 들어가는 듯한 꼴이었다. 그러다 보니 이익뿐만이 아니라 매상액까지 그대로 전기회사로 쏟아 넣게 되고 말았다. 그러다가 어떻게든 어음을 현금으로 만들 수 있게만 되면 나중에 빼먹은 가게 쪽 돈을 메울 수 있을 것이라는 생각에 가게에서 써야 할 경비까지 다 써 버렸던 것이다.

이런 식으로 가다가는 아무리 가게에서 장사를 잘해 봤자 밑 빠진 독에 물 붓기였다. 모처럼 가게를 일으켜 놨으니 명확하게 선을 그어서 가게에서 이익을 내 갔으면 좋을 텐데, 결국 본업인 전기회사의 하락과 더불어 가게까지 어렵게 만드는 파멸적 전개를 맞았던 것이다.

나는 회사가 날로 비참한 꼴이 되어 가는 것을 실감하면서,

"와하하. 정말 인생이란 재밌는 거로군."

하고 웃어 버렸다.

그 무렵, 마침 고층 빌딩의 전기 공사에 손을 대고 있어서 공사 쪽 일도 힘들었기 때문에 하루 시간이 턱없이 모자랐다.

"이렇게 밤낮 잠도 자지 않고 일하는데 도무지 경제 상태가 좋아지질 않는군. 웃어 버리자."

힘들어서 머리가 차츰 이상해져 버린 것인지도 모르겠다.

선술집 이름은 '거북이'였다. 아마 거북이라도 나보다는 더 앞을 향해 나갔을 터이다. 나는 1년도 되지 못해 결국 가게를 처분했다.

자살하느니 맞으며 산다

회사의 상태는 악화되   **보험금 1억 5,000만 엔**
기만 했다. 거북이에
게까지 지고 만 시점에서 경주를 포기했더라면, 그나마 상처가
가벼웠을지도 모른다. 거기서 회사를 접어 버렸다면 빚도 지금
의 절반 정도에 그쳤을 것이다.

 그러나 복서 시절에는 맞으면 금방 다운되고 마는 선수였던
주제에 그런 판국에서는 이상하게 끈질겨져서 어쩔 도리가 없
는 꼴까지 이르고 말았다.

"무슨 수를 써서라도 해내고 말 테야!"

 그렇게 말하고 다시 무리를 해서 하청을 끌어들이고 말았다.
그런데 그런 발버둥과 성선설이 뒤죽박죽이 되어 있는 나의 명

청함에 자원봉사나 마찬가지인 공사까지 끼어들었다.

예를 들자면, 교회 신축 공사가 있었다. 교회라는 곳은 기본적으로 돈이 없다. 붙이는 것 없이 500만 엔에 견적을 냈더니 숫자를 본 교회가 새파랗게 질렸다.

"도저히 안 되겠는데요, 어떻게 그 반 정도로 안 될까요?"

안 그래도 울며 매달리면 약한 판인데, 이번 상대는 하나님을 모시는 몸이다.

"알겠습니다. 어떻게 해 보죠."

견적을 내러 가면서부터 이렇게 될 줄 알고 있었다.

"단, 인건비를 줄이려면 저 혼자서 일을 해야 하니까 공사 기간이 길어질 겁니다."

"그거야 괜찮습니다."

난 그곳에서 먹고 자면서 혼자 공사를 했다. 결국 교회에서는 180만 엔만 받고 나머지 돈은 내가 교회에 기부했다는 형식으로 처리가 되었다.

"정말 감사합니다. 당신께 반드시 하나님의 가호가 있기를 빕니다."

유감이지만, 그 뒤에도 하나님의 가호를 받기는커녕 괴로운 상황만 계속되는 상태였다. 언제 내게 하나님이 내려오는 날이 찾아오겠는가…….

그런데 그때 정말로 구세주가 나타났다. 정부가 불황 대책으로 중소기업 진흥을 위한 특별 융자를 내놓은 것이다. 그 특별 조치에 따라 5,000만 엔까지 무담보 융자를 받을 수 있었다. 이 정책은 나에게 있어서는 실로 하나님의 선물이었다.

나는 곧바로 심사에 필요한 사업 계획을 정리하고, 대형 종합 건설회사와 큰 전기회사에 두터운 인맥을 가지고 있는 인재까지 스카우트했다.

"대기업의 플랜트 건설 공사를 따 오겠습니다."

새로 보충된 전력(戰力)의 조언까지 더해져 사업 계획은 핑크빛으로 물들었다. 그리고 마침내 융자 심사에서 내정까지 받았다.

"좋아, 이걸로 어떻게든 풀리겠지!"

나는 기쁜 마음에 힘이 솟아 플랜트 공사를 위한 설비를 갖추고 인재를 확보하는 등, 융자와 공사 착공을 기다렸다.

그러나 희망의 등불은 그리 오래가지 않았다. 내정되어 있었던 융자가 실행 직전에 취소되었던 것이다. 하청을 받기로 되어 있던 공사가 시공주의 일방적인 사정 때문에 착공 직전에서 스톱된 상태로 4개월이나 지나는 바람에 사업 계획이 크게 틀어져 버렸기 때문이다. 나에게는 이미 더 이상 기다려 볼 수 있는 체력이 남아 있지 않았다.

그토록 황당한 꼴은 당해 본 적이 없었다.

'이제 끝장이다.' → '됐어, 살았어.' → '역시 끝장난 거였어.'라는 식으로 올라갔다 내려박히는 것은 아예 처음부터 끝까지 기대를 갖지 않은 것보다 훨씬 괴로운 일이었다. 이런 국면에서 환상의 5,000만 엔은 처음부터 없는 것보다 몇 배나 큰 정신적 피해로 다가왔다.

엎친 데 덮친다고, 여기에 타격을 가한 것은 누구보다도 신뢰하고 있던 사람에게서 당한 배반이었다. 그는 내가 전기 공사의 ABC를 배웠던 회사의 사장으로, 내가 회사를 설립하고 난 뒤에도 물심양면으로 끊임없이 지원을 해 주었던 은인이었다.

그런데 그 회사가 돌린 어음이 부도를 내는 통에 연대 보증을 서 주었던 나에게 부채가 돌아왔고, 그 사람은 이내 행방을 감춰 버렸다.

그 막다른 판국에 막대한 부채를 떠안게 된 데에 더하여, 무슨 일이 있든 간에 서로 믿으며 협력해 나가자면서 마음을 주고받았던 사람이 한마디 말도 없이 빚을 작별 선물로 남기고 내 앞에서 사라져 버리고 말았던 것이다.

부채의 크기로 보나 정신적 피해로 보나, 그것은 분명 결정타였다. 구세주는 환상 속으로 사라지고, 믿었던 사람까지 없어졌다. 정신을 차리고 보니 내 빚은 급기야 1억 5,000만 엔까지 늘어나 있었다. 이제 '사업을 계속하기는 무리'라는 수준을 넘어 인생을 이어나갈 수 있을지조차 의심스러워졌다.

'이거 내 인생도 끝장났군.'

냉정히 생각해 보면 생각해 볼수록 대책이 없었다. 회사를 포기해 봤자 알몸뚱이 하나로는 도저히 갚을 수 없을 빚만 남을 따름이었다.

'1억 5,000만 엔이라……. 잠깐, 이거, 어디선가 들은 적이 있는 숫자잖아…….'

불행인지 다행인지, 나에게는 정확히 1억 5,000만 엔짜리 생명보험이 있었다.

거기에 생각이 미쳤을 때, 내 뇌리에는 자살이라는 두 글자가 떠올랐다. 이렇게 금액이 딱 맞는 것은 어떤 암시일 거라고 믿고 죽는 방법을 진지하게 궁리하기 시작했던 것이다.

'죽을 각오라면 개인 파산이든 뭐든 다른 것도 할 수 있지 않은가?' 라는 말은 그 말을 받아들일 사람에 따라서는 그다지 적절한 충고가 되지 못한다. 그런 방법을 선택하느니 차라리 죽고 말겠다는 사람도 있는 법이다. 여기에서 태도를 바꾸어 파산 선고를 신청할 정도라면 애초에 나는 여태까지 버텨 오지도 않았을 것이다.

난 절대로 도망치지 않는다.

그렇게 마음속으로 맹세했기 때문에 밤잠도 자지 않고 버텨 왔던 것이다.

나는 죽음의 신에게 목숨을 바치는 방법을 택했다.

'분명히 생명보험이란 것에는 죽어도 보험금이 나오지 않는 경우가 있을 거다. 1억 5,000만 엔 때문에 죽는 판국에 멍청한 실수는 허락할 수 없다. 확실히 조사하고 나서 제대로 죽어야…….'

그런 식으로 자살 결행 방법과 타이밍을 노리면서 하루하루를 사는 인간의 심리라는 것은 꽤 재미있다. 대부분은 몽유병자 같은 상태로, 뭘 하고 있든 간에 현실감이 없다. 식사를 하든 화장실에 가든, 그런 행위를 하고 있는 것이 자기 자신이라는 의식이 없다. 원래 제대로 밤에 잠을 잘 못잤기 때문에 낮이나 밤이나 몽롱해 있기는 했지만, 단순한 수면 부족과는 달리 묘하게 또렷해지는 부분도 있었다. 예를 들어, 늘 만나는 사람의 얼굴을 보다가,

'어라? 이 사람, 이렇게 점이 많았나…….'

하고 비로소 깨닫기도 했다. 늘 차를 몰고 다녀 익숙한 길을 달리고 있다 보면, 꿈속을 달리고 있는 것 같은 감각밖에 없는 주제에 지금까지 전혀 알아채지 못했던 세세한 부분이 선명하게 눈에 들어오기도 한다.

'어? 저런 데 나무가 심어져 있었나.'

그러는 사이에 고속도로에 들어서면,

'아아, 지금 120킬로로 달리고 있구나. 저 커브 길에서 핸들을 꺾지 않고 그냥 돌진하면 죽을 수 있겠군…….'

라는 생각이 나서 일단 속도를 올린다. 그러나 남아 있는 자질구레한 일 처리 등, 죽음을 맞을 준비가 아직 되어 있지 않다는 데 생각이 미쳐 직전에 멈춰 버린다.

그렇게 자신의 죽음을 가지고 노는 식의 행동을 반복하면서도 마지막의 마지막 순간에 죽음의 신과 결별할 수 있었던 것은 역시 가족을 향한 마음 때문이었다.

죽음을 준비하려고 이일 저일 궁리하다 보면 아무래도 아내와 세 아이들의 장래에 대해서도 생각을 하게 된다. 하다못해 보험금으로 빚을 청산한 다음에도 처자식이 불편하지 않을 정도의 돈이 남는다면 괜찮겠지만, 사실은 깡통이다. 처자식에게는 한 푼도 남지 않는 것이다.

'좀 더 많은 보험에 들어 두면 좋았을걸.'

그렇게 생각했지만, 거꾸로 말하자면 1억 5,000만 엔밖에 들어오지 않을 터였기 때문에 목숨을 건졌다고도 할 수 있다. 만일 10억 엔이 처자식의 수중에 남을 수 있었다면 쉽게 죽었을지도 모른다. 딱 1억 5,000만 엔이라는 것은 좀 더 열심히 살라는 메시지인지도 모른다.

무엇보다도, 여기에서 죽어 버린다면 아내와 세 아이들은 뭐라고 생각할까?

"빚 따위 깨끗이 정리하지 못하더라도 살아 있어 주는 게 좋은데."

남겨진 네 사람이 그렇게 말하며 서로 부둥켜안고 우는 모습이 떠올랐다.

신변을 깨끗이 정리하고 죽기보다는 더럽혀진 몸이라도 좋으니 살아가자. 가족을 지키기 위해 어떻게든 살아 나가자. 난 도망치지 않는다. 난 그렇게 생각을 고쳐먹었던 것이다.

그러나 그렇게 굳게 맹세를 하기는 했지만, 대체 어떻게 살아가야 한단 말인가? 파산 선고도 받지 않고 야반도주도 하지 않고, 어떻게 1억 5,000만 엔이나 되는 돈을 갚을 것인가? 모든 것을 잃은 나를 그 금액이 쿵 하고 덮쳐눌렀다.

막 판 의 복 서   도망치지 않겠다는 강한 의지가 있기는 했지만, 한심할 정도로 구체적인 아이디어는 없었다. 내가 할 수 있는 일이라고 하면, 일단 사원들이 일할 자리를 알아봐 주고 1인 회사로 돌아가 혼자서 작은 공사를 열심히 하는 것. 그리고 다른 공사 현장에서 고용인으로서 일하는 것이었다. 원래 권투 선수를 하던 시절부터 공사 현장이라고 불리는 곳이라면 무슨 일이든 할 수 있었고, 거기에 필요한 자격도 갖고 있다. 목수 일이든 도로 공사든 철거 공사든 간에 즉각 투입되어 일할 수 있는 경험과 기술은 갖고 있는 것이다.

하지만 그것만 갖고서는 아무리 발버둥을 쳐 봤자 빚 같은 것은 갚을 수도 없을뿐더러 가족을 먹여 살리는 일도 불가능하다. 그래서 궁여지책으로 인간 샌드백 일을 시작하게 된 것이다.

애초에 이 장사를 생각해 낸 것은 회사가 개점휴업 상태에 들어가기 얼마 전이었다. 사원 월급을 벌기 위해 신주쿠 알타 쇼핑몰에서 장사를 하다가 사원을 눈물 흘리게 만들었다는 얘기는 앞서 쓴 바 있지만, 시초는 그 몇 달 전에 있었다.

나와 사원들은 종종 회사 창고 앞에 샌드백을 매달아 놓고 복싱 흉내를 내며 놀았다. 복싱 초보자인 사원들 입장에서는 샌드백을 치는 데 익숙해지다 보면 그 다음 단계로 사람을 상대로 때려 보고 싶은 게 인지상정이다.

나는 팔을 휘두르고 있는 한 사원에게 말했다.

"그럼, 날 때려 봐라."

"예? 정말 그래도 괜찮겠습니까?"

"자, 덤벼!"

은퇴한 지 8년이나 지났다고 해도 아직 초보자의 펀치쯤은 충분히 피할 수 있었다. 나는 가볍게 스텝을 밟으면서 정색을 하고 덤벼드는 사원의 펀치를 잇달아 피했다.

"대단하신데요, 사장님. 도무지 때릴 수가 없어요."

그것은 보통 사람의 소박한 감동이었지만, 전 프로 권투 선수 입장에서 보면 당연한 얘기였다. 그런데 그 사원이 감동이 채 가시기도 전에 이렇게 말하는 것이었다.

"사장님. 이거 장사를 해도 되겠는데요."

"장사?"

때마침 세간엔 격투기 붐이 일고 있었다. K-1이 대인기를 모았고, 다른 격투기도 팬을 확대하고 있었다.

"우리 같은 일반 팬들로서 링이란 데는 꿈속의 대상이죠. 나도 한 번쯤 링의 분위기를 맛보고 싶다는 사람이 많이 있을 겁니다."

"그런가. 하긴, 이런 세상이니 돈을 내고라도 남을 쳐 보고 싶다는 사람이 많을지도 모르겠군."

"있다니까요, 틀림없이."

"좋아, 해 보지."

생각이 떠오르면 깊이 생각하기에 앞서 행동에 나서 버린다. 그것이 대부분의 경우, 내 약점이 되고 아주 드물게 강점이 되기도 한다.

어쨌든 한번 해 보자. 안 그래도 그 무렵의 회사 경영은 위기 상태였다. 새로운 공사를 시작하든 선술집을 하든 간에 뭐든지 실패. 그러한 때였으니 인간 샌드백이든 뭐든 할 수 있을 만한 일은 닥치는 대로 해 보는 수밖에 없었다.

이리하여 연말의 어느 날 밤, 인간 샌드백 개업을 위해 롯본기의 거리로 나갔다. "장사가 될 거예요."라고 부채질한 사원과 함께 나는 롯본기의 공중 화장실 앞에 섰다. 그곳이 사람의 왕래나 공간이 적당했던 것이다.

당시에는 지금처럼 헤드기어도 준비하지 않고 털모자를 쓴 채 손님을 기다렸다.

골판지로 만든 간판에는 이렇게 써 넣었다.

"1분 동안 나를 맘껏 때리세요. 나는 절대 되받아치지 않겠습니다. 남성 1분에 1,000엔, 여성 1분에 500엔."

그때는 아직 내 자신이 주춤거리고 있었기 때문에 큰소리로 손님을 끌지도 못하고 길거리에서 손금 봐 주는 사람처럼 물끄러미 손님이 오기만을 기다리고 있었다.

이윽고 호스트바에서 일하는 사람 같은 차림새의 남자가 말을 걸어 왔다.

"어? 이런 것도 하나?"

내게 있어서는 기념할 만한 제1호 손님은 한때 복서였다는 그호스트였다.

사원이 손목시계를 보면서 시간을 재고 시작 신호를 보냈다. 그러자 우리 주위에는 눈 깜짝할 사이에 사람들이 새까맣게 모여들었다.

그 모습을 보고 곧이어 네 명의 손님이 뒤를 이었다.

그런데 그때 경찰의 제지가 들어왔다. 지나가던 사람이 싸우는 줄 알고 신고를 한 모양이었다.

"당신들 대체 뭐하는 거요?"

"예. 인간 샌드백인데요."

"길에서 이런 짓 하면 안 됩니다. 당장 치워요."

"만일 그냥 계속하면 체포됩니까?"

"틀림없이 서로 와야 할 겁니다."

어이없게도 인간 샌드백 개점 첫날 영업은 거기에서 스톱되었다. 그것은 인간 샌드백과 경찰과의 끝없는 싸움의 시작이기도 했다. 그 공방은 지금에 이르기까지 줄곧 이어지고 있다. 이 '의례적인 싸움'에 대해서는 나중에 자세하게 쓰기로 하겠다.

우리가 짐을 정리하기 시작하자 구경꾼들도 삼삼오오 흩어져 갔다. 그렇지만 그 인파를 보면서 장사가 될 것 같다고 실감했다.

"봐요, 역시 되죠?"

사원은 그렇게 말하며 신이 나 있었다.

그러나 인간 샌드백이 얼마나 위험한 장사인지는 말할 필요도 없는 얘기였다. 오늘 만난 왕년의 복서는 내 적수가 아니었지만 다음에 더 강한 손님이 나타날 수도 있다. 보통 사람의 펀치라도 정통으로 맞으면 위험하기 짝이 없는 것이 당연하다. 아무리 손님이 많다고 해도 맞아 죽어 버리면 아무 소용이 없다.

만일 제대로 마음을 먹고 인간 샌드백 장사를 할 거라면 좀 더 준비를 갖출 필요가 있을 것 같았다.

그래서 며칠 뒤에 나는 예전에 다니던 체육관으로 향했다. 현역 선수들을 상대로 스파링을 해 보기로 했던 것이다. 나는 한 방도 펀치를 되받아치지 않고 방어만 하는 스파링이었다.

"좋아, 괜찮겠어. 할 수 있겠어."

몇 명의 선수들과 라운드를 거듭해 보고 나는 어느 정도 확증을 얻었다.

그러나 체육관 관장과 트레이너들과 상담을 해 보니 모두들 강력 반대였다.

"자네, 그러다 틀림없이 죽을 거야."

"복싱을 우습게보지 마."

"복서의 품위를 더럽히는 바보 같은 장사는 그만 둬."

집에 돌아와 아내에게도 넌지시 의견을 물어보았다.

"제정신이에요? 만일 그런 일을 하다가는 정말로 죽고 말 거예요."

정말이지 옳은 의견이었다.

나 역시 할 수만 있다면 그 옳은 의견에 귀를 기울이고 싶지만, 옳고 당연한 일을 하면서 살아갈 수 있는 시절은 이미 지나가 버렸던 것이다.

나는 그때까지 아무리 힘들어도 아내를 밖으로 일하라고 내보낸 적이 없었다. 세 명의 아이들이 아직 어린 탓도 있어서, 아내에게는 집을 지키게 하고 싶었다. 아내가 밖에서 일하지 않더라도 그만큼 내가 낮이고 밤이고 남들의 세 배 네 배로 일하면 될 거라고 생각했고, 사실 그렇기도 했다.

그렇지만 집세도 수도세도 못 내는 지경까지 내몰리자 마침내 아내는 파트타임으로 일을 나가기 시작했다. 미안하기도 했고 고맙기도 했지만 그 정도로 문제가 해결될 리는 없었다. 그러는 사이에 화살처럼 빚쟁이가 달려들 것이다.

내 안중에는 '신체적인 위험' 따위가 끼어들 여지가 없었다. '가족을 지키기 위해 다시 살겠다.'고 결심한 사람이니, 살기 위해 목숨을 내던지는 일에는 망설임이 없었다.

분명 너무나 위험한 장사이지만, 가족에게 있어서나 나에게 있어서나 자살하는 것보다는 훨씬 낫지 않은가?

"어떻게든 될 거야. 괜찮아."

지금이야말로 나의 초낙관주의가 위력을 발휘해야 할 때다.

애초에 감당하기 어려운 빚을 짊어지고 말았을 때, 비관론자가 되어버린다면 목숨이 몇 개라도 부족하다. 매일 24시간, 1

억 5,000만 엔의 빚에 대해 생각하다 보면 도저히 진취적으로 살아갈 마음이 생기지 않는다. 아무리 천하태평한 나라고 해도 밤에 잠을 이룰 수가 없었다.

'언젠가 어떻게든 할 것이다. 언젠가 채권자들 한 사람 한 사람에게 빚을 한몫에 갚아 주고 싶다.'

뜻이야 그렇게 명확하게 가지고 있었지만 하루하루 살아갈 때에는 그렇게 깊게 생각하지 않는다.

'뭐, 어떻게 되겠지. 자, 희망을 갖고 살자.'

억지로라도 그렇게 생각하지 않으면 인간이 망가지고 만다. 내 자신을 파괴시키지 않기 위해서는 빚과 뒤엉켜 맞붙지 않는 것도 중요하다. 인간 샌드백 장사라는 것은 사실 나에게 있어서 나를 파괴시키지 않기 위한 방편이기도 했다.

2장 잔혹한 이야기

생명보험에서도 받아 주지 않더라

한 방 역 전 을 노 리 고　　　　록본기의 공중 화장실 앞에서
　　　　　　　　　　　　　　　처음 인간 샌드백으로서 데뷔한
이래, 나는 록본기 → 신주쿠 → 시부야 → 이케부쿠로 → 가부
키초로 장소를 옮기면서 요 2년 동안에 약 8,000명의 사람들
에게 얻어맞았다.

　현재는 가부키초에 뿌리를 내리고 매일 고마 극장 앞에 서 있
다.* 자리를 정해 나오게 됨에 따라 거듭 찾아 주는 단골손님
도 늘어났기 때문에 두 번 이상 때리러 온 사람을 한 사람으로
친다고 해도 약 7,000명에게서 맞았다는 계산이 나온다.

*건강상의 이유로 한국판이 출간된 2005년 현재는 인간 샌드백 장사를 하고 있지 않음.

내가 생각해도, 참 용케도 오래 계속하고 있다고 감탄하는 한편 어이가 없기도 하다.

그러나 사실대로 말하자면, 나도 내 자신이 이렇게 오래 할 수 있으리라고는 생각하지 못했다. 필시 얼마 못 가 몸뚱이가 비명을 질러 서 있을 수조차 없게 되든가, 정말로 죽어 버리든가, 그것도 아니면 손님들이 질려 버려 장사가 되지 않는 날이 닥칠 것이 틀림없다. 그러니까 어쨌든 간에 쓰러질 때까지, 갈 수 있는 데까지 한 번 가 보자. 그렇게 생각하고 있었던 것이다.

예상 이상으로 오래 버틸 수 있었던 데에는 몇 가지 이유가 있다. 우선, 예전에 복서로서 10년에 걸쳐 쌓았던 트레이닝의 성과가 나 자신의 생각을 뛰어넘을 정도까지 발휘되었다는 점이다. 말할 것도 없이 저축은커녕 돈 한 푼 없는 나에게도 복서로서의 체력과 기술만은 축적되어 있었던 셈이다.

또 한 가지는, 슬프게도 시간이 흐르고 흘러도 맞으면서 살아갈 수밖에 없는 상황이 호전되지 않았다는 것이다. 여전히 빚쟁이들에게 쫓겨 다니고 있어서 가족을 만날 수 있는 것은 1년에 손으로 꼽을 수 있을 정도로 드물다. 아내와 세 아이들의 살림살이도 전혀 좋아지지 않은 상태이다. 그야말로 맞아도 맞아도 풀리는 것이 없었다.

당분간은 인간 샌드백 장사로 먹고 살 수 있을 것 같다고 느꼈던 나는 한때 살짝 기대를 품어 보기도 했다. 인간 샌드백을 계기로 뭔가 새로운 전개가 펼쳐지는 것이 아닐까 하는 엷은 기대였다.

그래서 그랬는지, 이런 바보 같은 장사를 시작한 사내에게 세상이 관심을 보여 주기 시작했다. 가부키초에 매일 모습을 나타내 돕겠다고 나서는 사람들도 생겼다. 그 대부분은 어딘가 나와 비슷한 사람들로서, 돈도 지위도 없는 외로운 사람들뿐이었지만, 그중에는 건설업계에서 나름대로의 실력을 가진 사람도 있어서 우리 회사의 재건에 힘을 빌려 줄 것 같은 모습도 보였다.

매스컴이 나에게 이토록 관심을 보여 주었다는 것은 나로서도 예상 밖의 일이었다. 무엇보다도, 이렇게 해서 책을 내게 될 줄은 꿈에도 생각해 보지 못했다. 대체 누가 이렇게 작살난 사람의 책을 읽고 싶어 하겠는가 하는 생각이 들기는 하지만, 그런 파탄 상황이 오히려 매스컴의 관심을 끌었던 것인지도 모르겠다.*

주간지 「프라이데이」를 시작으로 신문, 잡지, TV의 취재가 연달아 들어와서는 물었다.

"어째서 이런 일을 하는 건가요?"

아무리해도 이제 이것밖에 할 게 없어서, 돈 때문에 하고 있을 따름인데, 그것이 재미있다고들 한다.

그러는 동안에 매스컴 쪽에서도 유별난 사람에게서,

*우리나라에서도 2000년 2월 24일 MBC 「화제집중 6시」에 소개된 바 있다.

"당신을 팔아 보고 싶다."

라는 말까지 들었다.

그렇지만 회사 재건을 지원하는 건도, 매스컴 쪽도, 끝내 화려한 전개로 이어지지는 않았다. 바로 그렇기 때문에 지금도 이렇게 매일 밤 얻어맞으며 살고 있는 셈이다. 그러나 뭔가 될 듯 말 듯한 얘기들이 떠올랐다가 사라지는 속에서,

'어? 이거 의외로 재미있게 풀리겠는걸.'

하고 착각하지 않을 정도로 난 영리한 인간이 못 된다.

'아무리 힘들어도 매일 이렇게 서 있다 보면 한 방 역전의 꿈이 펼쳐지지 않을까?'

라는 어렴풋한 기대를 품기도 했던 것이다. 그것이 어떠한 기대인지는 나 자신도 구체적으로 알지 못했지만, 여기에 뭔가가 있을지도 모른다, 뭔가 한 방 터질지도 모른다, 그런 기분도 들었다.

그러나 자고 일어나 보면 역시 현실에는 아무런 변화가 없었고, 오늘도 또한 가부키초로 나가야만 한다.

1억 5,000만 엔. '인간 샌드백 1분 1,000엔' 하는 장사로 갚는다고 했을 때, 15만 명에게 맞아야만 한다는 숫자에는 한 방 역전이 일어날 수 없는 것이다.

"뭐야? 그냥 가만히 손님한 **맞 지 않 는 인 간 샌 드 백**
테 얻어맞는 게 아니잖아?!"

가끔 그런 말을 듣는 때가 있다.

'인간 샌드백'이라는 말을 듣고, 그냥 이를 악물고 얼굴을 앞으로 내밀어서는 퍽 하고 손님한테 한 방 맞은 다음 돈을 받는 장사를 연상한 사람이 많은 모양이다.

그런 짓을 했다가는 내가 아무리 복싱을 했다고 해도 금방 죽고 말 것이다. 그렇게 되어서야 장사가 안 된다.

다만, 그 옛날 신주쿠에 그런 인간 샌드백이 있었다는 얘기를 어느 야쿠자 우두머리에게서 들은 적이 있다.

그 인간 샌드백은 일체 방어를 하지 않고, 손님이 맨주먹으로 쳤다고 한다. 가격은 한 방에 500엔. 인간 샌드백인 내가 들어도 오싹한 이야기다. 나보다도 열 배 이상 다이내믹하게 파멸적인 사내이다. 그런 장사라면 아무리 강인한 인간이라도 오래 지속할 수 있을 리가 없다. 그 사내 또한 일주일을 버티지 못하고 신주쿠에서 모습을 감추었다고 한다.

미국에는 최근까지도 신주쿠의 그 사내와 마찬가지로 전혀 피하지 않고 맨손으로 때리게 하는 인간 샌드백이 있었던 모양이다. 가격은 한 방에 50달러라니까 5,000엔 이상이 되겠는데, 이 값을 비싸냐 싸냐 하고 따진다면, 싼값이라고 해야 마땅하다. 넓고 넓은 미국, 엄청나게 강한 사내가 있다손 치더라도 신주쿠의 인간 샌드백이나 마찬가지로 오래 가지 못할 터이기 때문이다.

그런 식의 장사를 기대했던 손님은 내 영업 중에 야유를 보내기도 한다.

"야! 당신 인간 샌드백이라며? 피하는 게 어디 있어!"

분명 나 같은 스타일의 인간 샌드백은, 말로 따지자면 정확한 것이 아닐지도 모르겠다. 실제로 펀치가 닿을 수 있는 거리 안에 머물면서도 손님의 펀치에 맞지 않도록 방어를 하고 있으니 그냥 매달려 있는 샌드백과는 다르다.

"자, 저를 때려 주십시오. 단, 당신의 펀치가 퍽 하고 날 칠 수 있을지 어떨지는 당신 실력에 달려 있습니다."

나는 야유를 보내는 사람이 품고 있던 오해를 받지 않기 위해 영업 중에 입으로 늘 그렇게 말하고 있다. 그런데 그렇게 해도 클레임을 걸어 오는 사람이 가끔 있어서 손으로 쓴 간판에 '맞지 않는 인간 샌드백' 이라고 써 놓았던 적도 있다.

나는 전 프로 복서로서의 기술을 기반으로 지금과 같은 장사 스타일을 만들었다. 손님에게 16온스의 글러브를 끼게 하고, 나도 같은 글러브를 끼고 헤드기어도 쓴다. '1라운드 1분' 이라는 것만 빼면 나머지는 기본적으로 복싱의 룰을 따르고 있다.

"박치기, 물기, 차기, 팔꿈치로 치기, 허리 아래를 때려서는 안 됩니다. 간질여도 안 됩니다. 머리를 잡고 때리거나 머리를 감싸 안는 클린치도 위반입니다."

이것도 영업 중에 손님에게 반드시 설명해 주는 부분이다.

라운드 시간 외에 복싱과 다른 점이 있다면 팔을 휘돌려 뒤통수를 치는 것은 괜찮다는 점 정도이다.

'한때 권투 선수였던 사람이 권투 규칙을 바탕으로 장사하는 거라면, 손님의 펀치를 피하는 것쯤 간단하지 않겠는가?' 라는 지적은 언뜻 보기에 옳은 것 같지만, 실제로는 전혀 그렇지가 않다. 내가 2년 동안 죽지 않고 지나온 것은 단순히 복서였기 때문이 아니라, 복서로서 어떤 특수한 방어 기술을 몸에 익히고 있기 때문이다. 만일 그것이 없었다면 지금 나는 벌써 쓰러져 폐업을 했을 터이다.

내 장사가 매스컴을 타자 여기저기서 비슷한 장사를 시작한 복서들이 있었지만 모두 얼마 가지 못해 폐업하고 말았다.

오사카에는 '도츠카레야' 라고 하는 2인조가 있었다고 한다. 그들은 두 사람 모두 전 킥복서였는데, 이후의 소문은 들리지 않는다.

또한 도쿄에서도 긴자에 전 복서 네 명 정도가 인간 샌드백으로 나타났지만, 모두 일주일도 지나지 않아 사라져 버린 모양이다.

심지어 도쿄 이케부쿠로의 니시구치 공원에는 나의 파이트 네임 '하레루야 아키라' 라고 이름 붙인 인간 샌드백이 나타났던 적도 있다.

어느 날 이케부쿠로에 사는 친구에게서 이런 말을 들었던 것이다.

"너, 어제 니시구치 공원에서 장사했다며? 흑인 손님에게서 흠씬 두들겨 맞고 바로 그만둬 버렸다는 얘기가 있더라고."

"뭐? 난 거기 간 적이 없어. 어제 내내 신주쿠 고마 극장 앞에 있었다고."

"그럼, 네 흉내를 낸 가짜가 나타났단 말인가?"

이렇게 동업계의 다른 회사들이 모두 개업과 동시에 폐업한 것은 왜일까?

이케부쿠로의 가짜 하레루야를 보면 알 수 있듯이 장사가 되지 않기 때문이다. 오사카나 긴자를 봐도 분명하듯이 한때 프로 복서를 했다고 쉽사리 장사가 되는 게 아니다. 몸이 버티지 못하는 것이다.

오랫동안 인간 샌드백을 했다고 무슨 자랑거리가 되는 것은 아니지만, 다른 사람처럼 쓰러지지 않고 계속 할 수 있었던 점에 대해서만은 나 스스로 내가 지닌 방어 기술을 높이 사고 싶다. '쓰러지지 않는 인간 샌드백은 이 세상에 나밖에 없다.' 라고 생각한다. 그리고 쓰러지지 않기 때문에야말로,

'이번엔 반드시 쓰러뜨려 주마.'

하고 손님이 몇 번이나 발길을 옮겨 찾아오는 것이다.

굳이 억지로 갖다 붙이자면, 인간 샌드백도 장사인 이상 영업을 계속할 수 있을지 말지에 대한 것은 장사꾼으로서의 역량에 달린 문제다. 음식점을 예로 들자면, 아무리 싸고 맛있는 가게라도 타산이 맞지 않아 망하면 장사로서는 실패이다. 인간 샌드백 역시 마찬가지로,

"자, 당신 기분이 풀릴 때까지 실컷 나를 때려 주십시오."

라고 떠들고서는 펀치 한 방에 다운되어 다음날부터 폐업하게 된다면 인간 샌드백이라고 할 수 없다. 그래 봤자, 이렇게 매일 거리에 선다는 것은 매일 새로운 위험과 만나고 있다는 뜻이기도 하지만……

만 신 창 이 의 인 간 샌 드 백

쓰러지지 않는 것을 유일한 자랑거리로 삼고 있는 나이기는 하지만, 매일 몇십 명이나 되는 사람에게 맞다 보면 아무래도 퍽 하고 정통으로 맞아 쓰러지는 때가 생긴다. 관자놀이에 정통으로 맞아 다운되기도 했고, 강렬한 스트레이트나 훅을 맞아 골절된 적도 있다.

특히 늑골의 골절은 만성적이라고 해도 좋을 정도로 몇 번이나 당했다.

"난 지금까지 한 번도 싸움에 진 적이 없다."

하고 호언장담하는 야쿠자 우두머리의 예리한 펀치 세례를 받고 늑골이 부러졌을 때가 맨 처음이었다. 그 이후, 이런저런 손님의 펀치를 같은 곳에 얻어맞고 그때와 비슷한 느낌의 통증을 느낄 때면,

'앗, 이거 또 늑골이 부러졌구나……'

하고 병원에 가기 전에 스스로 깨달을 수 있을 정도가 되었다. 그렇게 되고 보니, 이제는 늑골이 부러진 정도로는 병원에 가지 않는다.

어차피 병원에 가 봤자,

"아, 늑골이 부러졌군요."

"아, 역시 부러진 건가요?"

라는 얘기밖에 오가지 않는다는 것을 너무나 잘 알기 때문이다.

"한동안 안정을 취하십시오."

라는 말을 들을 게 뻔하다.

그런 말을 들었다고 해서 안정 따위를 취하고 있을 처지가 아니다. 뼈가 부러졌든, 어디가 아프든 간에 가부키초에 서지 않으면 한 푼의 돈도 들어올 곳이 없다.

의사가 쉴 동안을 책임져 준다면야 그런 지시에 따를 수 있겠지만, 의사 선생님이 주는 것은 고작해야 코르셋과 찜질 약이다. 그런 것은 장사에 방해가 될지언정 밥거리는 되지 않는다.

그런 경우에는 어떻게든 몸을 조심조심 움직이면서 장사를 하는 수밖에 없다. 이미 몇 번이나 부러져 봤기 때문에 부러진 몸에 부담을 적게 주면서 움직이는 방법까지 익히고 있다. 부러진 늑골 부위를 중심으로 폭이 넓은 고무로 가슴 주위를 둘둘 감아 고정시키는 것이다. 그 나머지는 방어 기술에 맡긴다.

그렇게 몸 상태에 맞춰 몸 쓰는 방법을 달리 하는 것이다.

"그렇게 노상 골절이 된다면 프로텍터 같은, 좀 더 중장비를 갖추는 건 어때요?"

라고 충고해 주는 사람도 있는데, 그런 중장비를 갖춘 인간을 때린다는 것은 손님 입장에서 보면 도무지 즐겁지 않을 터이다. '맨몸을 얼마든지 때려라.' 그것이야말로 인간 샌드백인 것이다.

흔히 옛날 사람들은 아이들 뼈가 부러지면,

"걱정하지 마라. 뼈가 부러진 데는 더 강해져."

라고 말했다.

내 경우에는 몇 번이나 비슷한 곳만 부러졌지만 아무래도 그런 옛날 말처럼 뼈가 강해질 기미는 보이지 않는다. 그래도 그런 부상이나 통증이 방어 본능을 강하게 만들어서 다양한 '인간 샌드백의 비법'을 엮어내는 원천이 되고 있다.

그중 하나를 예로 들면, 상대편을 몸 옆으로 맞는 방어 스타일이다. 보통의 경우, 복서는 상대에 맞서 몸을 비스듬히 하는 자세를 취하는데, 그렇게 하면 몸통을 정면으로 대는 것보다는 낫겠지만 그래도 펀치를 맞는 면적이 넓다. 인간 샌드백을 하는 경우에는 펀치를 내밀 필요가 없으므로 보다 방어에 적합한 형태가 있는 것이다. 상대의 가슴과 내 가슴이 마주보는 식으로 대면하는 것이 아니라, 상대와 직각을 이루도록 옆으로 몸을 돌린 자세를 취하고 얼굴만 상대에게 돌려 펀치를 받을 준비를 갖춘다. 즉, 펀치가 몸에 맞는 면적을 작게 만드는 것이다. 상대편으로서는 그만큼 목표가 좁아져 맞히기 어렵다는 얘기가 된다.

좀 더 아프지 않은 방어는 없는지, 좀 더 안전한 방어는 없는

지, 그 점에 대해 항상 연구하고 개량해 나가지 않으면 인간 샌드백은 몸을 지킬 수가 없는 것이다.

 늑골 골절, 흉골 골절, 목의   **인 간 샌 드 백 은**
염좌, 찰과상, 피부 찢김, 코   **생 명 보 험 에 들 수 없 다**
피, 타박상, 근육통…….
 맞는 게 일인 나의 부상을 헤아리자면 끝이 없다. 부상에 대한
대처 능력과 상처를 속이는 법, 그리고 무엇보다도 상처나 통
증을 얼마만큼 참고 견딜 수 있는가는 인간 샌드백으로서의 장
사 도구와도 같다. 방어 기술과 마찬가지로 중요한 요소인 것
이다.
 의사에게 받는 치료도 한계가 있고, 치료비가 많이 들면 자본
이 필요 없는 장사라고 해도 적자가 나고 만다.
 최소한의 몸 관리를 하지 않으면 상품이 너무 많이 망가져 오
히려 장사가 되지 않는다. 돈을 들여서라도 몸을 가다듬어 통
증과 상처가 적은 상태로 만들어 두는 것이 결국은 몸을 지키
는 것으로 연결된다.
 인간 샌드백 일을 시작했을 무렵에는 근육통이 너무 심해서
스모 선수들이 곧잘 이용하는 것으로 알려져 있는 정체(整體)
치료원*에 다녔다.

*카이로프라틱 요법이라고 하여, 척추 교정 등 약물 없이 손으로만 치료한다.

그곳의 선생님은 상당히 훌륭한 인격을 지닌 분이었고 솜씨도 좋았지만, 의료 보험 적용을 받지 못해서 치료비가 비쌌다. 최소한 한 번 갈 때마다 7,000엔이나 들었다. 나에게 있어서는 일곱 명의 손님에게 맞아야 겨우 벌 수 있는 돈이다.

 그런 식으로는 적자가 되고 말기 때문에 지금은 보험이 되는 치료원을 알아내어 다니고 있다. 그곳은 한 번에 450엔으로 , 적당한 가격이다. 이제 그쪽 선생님은 내 돈벌이에 대한 것도 잘 알아서 통증이 심한 부분을 잘 파악하고 있다.

 "이래선 안 됩니다. 이대로 가다간 몸을 움직일 수 없게 돼요. 가끔은 휴식을 취하는 게 좋겠어요."

 "그럼 쉴 테니까, 선생님이 돈 좀 빌려 주십시오."

 "안 돼요."

 "역시 안 되겠습니까?"

 돈은 빌려 주지 않지만, 마음씨 좋은 선생님 덕분에 내 몸은 간신히 유지되고 있는 것이다. 하루 입원하면 얼마, 일을 못하게 되면 얼마, 그리고 죽으면 얼마, 라는 식의 보험은 어느 회사든 간에 나를 받아 주지 않는다.

 나도 예전에는 전기 공사 회사의 사장으로서 생명보험에 들어 있었다. 그런데 사업이 기울기 시작하고부터는 보험금을 계속 불입할 수 없게 되어 효력을 상실하고 말았다. 본격적으로 인간 샌드백 장사를 시작하면서 아무래도 위험하다는 생각이 들어 새로 생명보험에 가입하려고 했다. 스스로 얻어맞는 일로

돈을 번다고 밝히면 필시 심사에서 떨어질 것 같아서 이전에
가입했던 생명보험 회사에 재계약하는 형태로 신청을 하려고
했던 것이다. 그런데 운 나쁘게도 담당자는 내가 인간 샌드백
장사를 시작한 사실을 알고 있었다.

"고객님, 인간 샌드백을 시작하신 모양이던데요."

"우하하. 들킨 겁니까?"

"딱 걸리셨습니다. 유감이지만 그런 직업을 가지신 분의 신청
은 받을 수 없습니다."

이것은 '인간 샌드백 같은 일은 하는 사람을 가입시키면 보험
회사가 손해를 볼 게 뻔하다.'고 새삼 증명서를 받은 것이나
다름이 없었다. 보험 설계사가 잘 본 것이다. '나는 쓰러지지
않는다.'라고 자신하는 반면에 역시 몸이 망가지고 있다는 것
을 스스로 느끼고 있다. 이 장사를 시작한 탓에 내 수명은 틀림
없이 10년 이상 단축되었을 것이다.

K-1 선수 VS. 인간 샌드백

단 골 손 님 은 격 투 가　맞는 장사를 처음 시작했을 무렵
에는 한 사람이라도 많은 손님을
찾아 떠돌며 인간 샌드백을 하고 있었다. 그러다가 한 번 손님
이 되어 주었던 사람이 다시 찾아오는 경우가 많다는 것을 깨
달은 다음에는 이제까지 돌았던 번화가 중에서 가장 많은 손님
을 모을 수 있었던 신주쿠의 고마 극장 앞에 정착하기로 했다.
내가 부정기적으로 출몰하는 것이 아니라 손님 쪽에서 내 홈타
운으로 때리러 오는 형태가 된다면 언제든지 단골손님을 받을
수 있으리라는 생각이었다.

"가부키초에 맞아 주는 사람이 있다더라."

그 소문을 들은 사람이 차츰 늘어나, 단골손님이 데리고 온 사

람이 또 새로운 단골손님이 된다는 식으로 손님의 꼬리가 이어졌다.

손님이 느는 것이야 고마운 일이지만, 재차 찾아오는 사람들 가운데 예상 이상으로 격투기 경험자가 많은 데에는 놀랄 수밖에 없었다. 이제는 단골손님의 절반 가까이가 전 격투가이거나 현역 선수다.

그들이 익힌 격투기도 다채롭다. 프로 복싱, 킥복싱, 가라테, 쿵푸, 스모, 프로 레슬링, 그리고 K-1 등등, 실로 이종격투기 대회를 열어 놓은 것 같다.

예전에 우리 직원 중 한 사람이,

"격투기 붐이니까 한 번쯤은 그 링의 분위기를 맛보고 싶어 하는 일반 팬들이 많이 있을 거예요."

라고 말해 인간 샌드백 개업의 힌트를 얻었는데, 웬걸. 그런 일반 손님이 많은 것도 사실이지만, 이토록 많은 격투가가 모여들 줄은 생각도 못했던 것이다.

인간 샌드백 장사를 노상 퍼포먼스라고 본다면, 그런 강한 손님이 왔을 때 사람들은 달아오른다.

"우와! 엄청난 펀치다!"

"인간 샌드백이 자빠지겠어!"

구경꾼들은 그렇게 환성을 지르며 박수갈채를 보낸다. 더구나 이름이 알려진 선수라도 오게 되면 거리의 링은 환호성에 휩싸인다.

그렇지만 퍼포먼스가 달아오르면 달아오를수록 그만큼 내 신체에 대한 위험은 커진다는 말이 된다.

격투기를 배운 사람이 손님으로 온 경우, 그 손님 자신이 격투기 경력을 밝히든 숨기든 간에 시작 공이 울리기 전에 얼핏 보기만 해도 어느 정도의 강적인지 알 수가 있다.

'음. 너, 한가락 하는구나.'

하는 식으로 느껴지는 것이다.

솔직히 말해서 그런 상대와 대치했을 때에는 시작하기 전에,

'오늘이야말로 이 상대에게 죽을지도 모르겠다.'

라는 생각이 떠오른 적이 몇 번이나 있다. 2미터 가까운 키와 너끈히 100킬로그램을 넘는 흑인 헤비급 복서의 눈앞에 서 보라. 아무리 내가 파멸적인 인간이라고 해도 두려운 것은 두려운 것이다.

그런데도 그럭저럭 쓰러지지 않고 여기까지 버텨온 것은 아무리 기술적 바탕이 있다고 해도, 역시 기적에 가까운 일이라는 생각이 든다. 어쨌든 간에 나는 한 방도 펀치를 내지르지 않고 서 있어야 하는 것이다. 아무리 강한 격투가라도 자신이 공격할 수 있으니까 쓰러지지 않는 것인데, 공격을 할 수 없게 한다면 어떻게 될지 상상해 보기 바란다.

"부탁입니다. 돈은 돌려 드릴 테니 그냥 집으로 돌아가 주십시오. 뭣하시면 1,000엔 더 얹어 드릴 게요."

그렇게 말하고 싶어지는 때가 몇 번이나 있었던 것이다.

연일 격투가가 몰려드는 이유는 두 가지이다. 복싱이든 가라 테이든 다른 격투기이든 간에, 격투가의 본능이란 것이 있어서, "날 때려 봐라. 난 절대로 쓰러지지 않는다."라는 식의 도발적인 태도를 보이는 사람을 보고도, 모르는 척 등을 돌려서 가기 어렵다는 점이 있다. 놀이의 장이라고는 해도 눈앞에 사람이 사람을 때리는 장이 마련되어 있을 때 마음이 조금이라도 움직이지 않는 격투가는 없는 것이다.

또 한 가지는 현장의 분위기이다. 퍼포먼스의 현장을 고마 극장 앞으로 고정시키고 나서는 손님이나 구경꾼이 모두 늘어서 무대가 커졌다. 그런 탓에 특히 휴일 전날 같은 때는 관중에 둘러싸인 링 같은 상황이 되기 때문에 실력에 자신이 있는 사람이 아니면 꽁무니를 빼게 되는 분위기가 만들어지는 경향도 있다. 그러니 아무래도 격투기를 익힌 사람들이 나서게 되는 것 같다.

뭐, 그렇다고는 해도 가부키초는 일본 제일의 환락가이다. 친구끼리 연인끼리 이 거리로 몰려나오는 사람들은 전부 '뭔가 재미있을 만한 일'에는 사족을 못 쓴다. 격투기 같은 것은 경험해 본 적도 없으면서도,

"한 판 해 볼까?"

하고 소매를 걷어붙이고 도전해 보라고 마련한 장소인 것이다. 비유를 하자면, 실내 골프 연습장에 가는 것과 조금 비슷한 감각이라고 해도 좋을지 모르겠다.

한때 격투기를 했던 사람이라면 예전의 영광을 추억하면서 지

금의 자신은 얼마나 펀치를 때릴 수 있는지 확인해 보고 싶다는 생각으로 나설 수도 있으리라. '나도 아직 쓸 만한걸.' 혹은, '나도 한물갔군.' 등등을 느낄 수 있을 것이다. 한편, 보통 사람이라면 그녀에게 좋은 모습을 하나 보여 줄 수 있을지도 모른다. 인간 샌드백이란, '프로든 아마추어든, 모두 다 오십시오.' 라는 장사인 것이다.

K-1 선수 VS. 인간 샌드백

그 유명한 K-1의 왕자, 앤디 훅이 죽었다. 갑작스런 죽음에 남몰래 나도 마음 아파하던 참에 훅의 장례식이 있었던 날 느닷없이 두 명의 K-1 선수가 얼굴을 내밀었다. 아마다 선수와 오미야 선수였다.

단골은 아니었고 그날 처음으로 등장했던 것이다.

"전부터 소문을 듣고 한번 기회가 있으면 오고 싶었습니다."

아마다 선수는 그렇게 말하더니 상복의 윗도리를 벗었다. 장례식에서 돌아오는 길인데 마침 근처에 볼일이 있어서 들렀다고 한다.

양손에 낀 글러브를 퍽퍽 마주치면서,

"괜찮을까? 훅 선배의 장례식 날에 이래도 말이야."

아마다 선수가 그렇게 말했다.

"오늘은 연습도 못 하니까 마침 좋은 트레이닝이 아니겠어."

오미야 선수는 웃으면서 그렇게 대답했는데, 그것을 들은 난 도저히 웃을 수가 없었다. 지금까지 헤아릴 수 없을 정도로 많은 현역 선수들을 상대해 왔기 때문에 그들이 이런 경우에도 진지하게 나오리라는 것을 애초부터 잘 알고 있다. 놀 생각이든 트레이닝 삼아 할 생각이든 간에 일단 공이 울리기만 하면 그들의 눈빛은 확실히 변하는 것이다.

"파이트!"

심판의 목소리가 나오자, 아니나 다를까, 조금 전까지 온화한 표정을 띠고 있던 아마다 선수의 눈빛이 번뜩였다. 놀이 삼아 온 것이 아니라 진짜로 쓰러뜨리겠다고 나선 것이다.

짧은 훅을 되풀이한 뒤에 원, 투, 쓰리, 포까지의 콤비네이션으로 간간히 치고 나왔다. 당연한 얘기지만, 셌다.

하지만 나 또한 장난이 아니다. 기합이 들어간다. 펀치를 뻗을 수는 없지만 공격하는 기분으로 방어한다. 꽁무니를 빼는 기분으로는 오히려 쓰러지고 만다…….

아마다 선수가 리드미컬한 인스텝으로 스트로크 긴 라이트 어퍼컷을 뻗는 것을 확인한 나는 어깨를 오른쪽으로 흔들었다.

그러자 아마다 선수도 순간적으로 몸 방향을 돌려 왼쪽으로 예리하게 사이드 스텝을 밟으며 레프트 스트레이트를 노리고 들어왔다. 스트레이트가 관자놀이 아래로 들어왔다.

"우와! 맞았다."

관객들이 떠들어 대는 소리가 귀에 들어왔다. 그러나 다리까지 전해질 정도의 충격은 받지 않았다.

"타임업!"

넘겼다…….

그 스트레이트 한 방을 뺀 나머지 펀치는 거의 피할 수가 있었다.

"이야, 잘 안 맞는데."

종료 후 아마다 선수는 그렇게 말하며 원래의 온화한 웃음을 보였다.

"반드시 또 도전하러 오겠습니다."

"예. 부탁드립니다. 동료 선수들도 많이 데리고 오십시오."

"OK. 무사시 녀석이라면 이런 걸 되게 좋아하니까 다음에 데려오죠."

일본인 K-1 선수 가운데에서 최강이라고 일컬어지는 사내 - 무사시. 바라는 바다.

"안 됩니다. 그렇게 센 사람은 데려오지 마세요."

"아하하. 그럼, 약한 놈을 잔뜩 데려오죠."

두 사람은 그렇게 말하고 웃으면서 돌아갔다.

두 사람을 배웅하는 나는 이렇게 생각했다.

'웃는 얼굴로 끝나서 다행이다…….'

이런 식의 결말만 있는 것이 아니기 때문에 그런 생각을 하게 되는 것이다.

예전에 똑같은 현역 격투기 선수와의 대전에서는 다음과 같은 불행한 결말이 있었다.

그는 킥복싱 선수였다. 남녀 여러 명을 이끌고 온 그는 시작하기 전에 동료에게 둘러싸여 워밍업을 하면서 데리고 온 여자들에게 떠벌리고 있었다.

"알겠냐? 내가 얼마나 센지 지금부터 보여 줄 테니까 똑똑히 보란 말이야."

"어머-. 멋지다. 잘해 봐요."

"저 아저씨 쓰러뜨리면 오늘 밤 같이 가 줄 거지?"

'그럼, 이 아저씨가 쓰러지지 않으면 나하고 가 줄 거냐?'

그렇게 끼어들고 싶었지만, '강한 자일수록 깊은 법'이라는 말이 최고로 어울리지 않을 것 같은 타입의 그 킥복서에게는 그런 농담을 해 봤자 받아들여 줄 것 같지 않았다.

"파이트!"

심판이 스타트를 외쳤다.

그러자 느닷없이 킥복서가 하이 킥을 퍼부어 왔다.

발차기는 정통으로 내 이마에 들어왔다. "퍽!" 그 순간, 내 눈 안쪽에서 파르스름한 불똥이 튀었다. 그 빛이 정수리를 찌르는 듯한 아픔으로 변했을 때, 이마에서 엄청난 피가 세차게 흘러나왔다.

나는 황급히 그 사내를 껴안아 다음 움직임을 막았다. 거기서 시합은 끝난 것이다.

관객들의 웃는 얼굴이 사라지고 야유가 터져 나왔다. 자리는 완전히 험악한 분위기로 바뀌고 말았다. 이렇게 되어 버리면 더 이상 장사를 계속하기가 어렵다.

 나는 찢어진 이마를 타월로 단단히 묶어 일단 지혈을 하고, 짐을 정리해서 그날 영업을 일찍 마치기로 했다.

 만일 거기서 관객 누군가가 모처럼 즐기고 있던 퍼포먼스가 납득할 수 없는 모양새로 강제 종료되어 버린 것에 의분을 느끼고 무분별한 킥복서를 혼내 주려고 나서게 되면 엄청난 소동이 일어나고 만다.

 만에 하나 그런 일이 벌어진다면, 그 다음에는 인간 샌드백의 가장 강력하며 영원한 라이벌이 등장하고 만다. 그렇다. 바로 코앞에 있는 가부키초 파출소의 순경이다. 여기에서 다시 경찰을 번거롭게 만드는 일이 생긴다면 나는 당분간 고마 극장 앞에 설 수가 없게 되어 버린다.

 이런 경우에는 남은 영업을 깨끗하게 포기하고 그 대신에 사태를 재빨리 수습하는 것이 제일이다.

 그런데 그날의 장사는 포기하고 애써 기분을 새롭게 가다듬어 다음날부터 열심히 장사를 시작하려고 했는데, 찢어진 이마의 상처가 깊은 탓에 한동안 휴업하지 않을 수 없게 되고 말았다.

 이러한 경우가 인간 샌드백 장사를 하면서 가장 힘들 때다.

 애초에 손님이 룰을 지켜 주지 않으면 도저히 장사를 할 수 없다. 내 맘대로 만든 것이라고 해도 내 장사는 룰을 따라 주어야 비로소 성립이 된다.

 '쓰러지지 않는 인간 샌드백' 이라는 내 자부심도 손님 쪽에서 룰을 지켜 주지 않으면 간단히 날아가 버리는 것이다.

그 킥복서가 무슨 수를 쓰든 간에 여자를 손에 넣고 싶었을 거라는 기분은 충분히 이해하지만, 피차간에 룰을 존중해 주지 않으면 그저 무참하게 서로를 죽이는 일밖에 안 된다는 것을 적어도 프로 격투가라면 너무나 잘 알고 있었을 터이다.

내 장사라는 것은 다른 누구에게 보호를 받을 수 있는 입장에서 있지 못하다. 사회적으로나 법적으로나, 아무런 비호도 받지 못한다. 당연한 일이다. 내 멋대로 인간 샌드백으로 장사를 하는 사람이 손님에게서 부상을 당했다고 달리 호소할 데가 있을 리 없는 것이다. 손님이 룰을 어겼다고 해 봤자 그런 것은 애들이 손가락 걸고 하는 약속과도 같은 수준일 따름이다.

"순경 아저씨. 제가 얻어맞았거든요……."

라고 내가 경찰에 울며 매달린다면, 그것은 형편없는 코미디이다.

킥복서가 저지른 일 같은 것이 자꾸 일어나면 손님들도 빠질뿐 아니라, 부상을 당한 나는 당장 다음날부터 그나마 밥벌이도 나설 수 없게 되고 만다. 생명보험 회사가 문전박대할 정도의 인간이고 보니, 들어 놓은 손해보험도 없거니와 장해특약이나 산업재해 보상보험 같은 것도 없다. 다친 곳도 아프기는 하지만, 벌지도 못하고 아무 보장도 없는 삶은 더욱 아픈 것이다.

때 려 서 나 아 진 다 면   한 번이라도 나를 때리러 와 봤
다면 알겠지만, 1라운드 1분이라
는 시간은 상상하는 이상으로 긴 시간이다. 평균 이상의 체력
을 가진 사람이라고 해도 기세 좋게 때리려고 달려드는 것은
보통 시작하고 나서 20~30초 정도에 불과하다. 대부분의 사
람은 30초도 지나지 않아 팔을 올리지 못하게 되어 버린다. 후
반에는 어떻게든 호흡을 가다듬으면서 지친 팔을 필사적으로
휘둘러 나를 때려 보려고 한다.

평소부터 몸 움직이는 것을 좋아해서 갖가지 스포츠를 즐기던
사람이라도 맘먹고 사람을 때리는 일이 얼마나 힘든지는 직접
해 보지 않으면 깨달을 기회가 없을 것이다. 1분 동안이나 계
속해서 사람을 때린다는 것은 걸핏하면 싸우려 드는 사람일지
라도 쉽사리 경험하지 못할 일이다.

보통 사람이 평화롭게 살아간다면 평생 한 번도 있기 어려운
행위. 그것을 체험할 수 있는 것이 인간 샌드백을 때린다는 행
위인 것이다.

1분간의 대결이 종료되면 악착같이 나를 쓰러뜨리려고 들었
던 사람일수록 그 1분 동안에 인간이 발휘할 수 있는 모든 체
력을 다 쓰게 된다.

"좋아. 네 녀석을 실컷 때려 주마. 때려눕혀 주겠다!"

그렇게 말하면서 체력과 집중력을 총동원해 달려들었던 손님
은 하나같이 끝난 뒤에 개운한 얼굴이 된다.

인간이 본래 지니고 있는 전투 본능을 1분 동안에 걸쳐 전부 인간 샌드백을 향해 발산함으로써 몸과 마음이 어떤 종류의 성취감 같은 것을 느끼기 때문인지도 모르겠다.

그런 때, 손님과 나 사이에는 이론적으로 표현할 수 없는 일체감 같은 것이 생긴다. 서로 헉 헉 하고 거친 숨을 토해내면서 이유도 모른 채 자연스럽게 서로를 끌어안는 순간이 찾아온다.

"헉 헉. 당신 세군."

"헉 헉, 아니, 당신도 세요……."

제대로 말이 되어 나오는지 어떤지도 모르는 소리를 내면서 저절로 서로의 어깨를 껴안는다. 모르는 사람이 보면,

"저 사람들, 대체 뭐 하는 거야?"

하고 생각할지도 모르지만, 도전자와 나 사이에는 어딘가 마음이 통한 듯한 느낌이 든다. 마치 시합 후 복서끼리 링 위에서 서로의 건투를 칭찬하며 껴안는 것과 같은 정신 상태인 것이다.

복서끼리도 체육관에서 스파링을 함께 한 사람끼리는 사이가 좋아지는 일이 많은데, 인간 샌드백과 손님 사이에도 그와 비슷한 심리가 작용하는 것인지도 모르겠다. 이 부분은 나로서는 예상하지 못한 일이기도 하다.

대결 전에는 굳은 얼굴로 미운 사람이라도 보는 것처럼 나를 노려보던 사람이,

"어쩐지 후련해졌습니다."

하고 웃는 얼굴로 돌아간다.

"마음이 밝아졌소."

"어제까지 찜찜했던 마음이 싹 풀린 것 같은 기분이 드는군."

"어쩐지 힘이 나네요."

그렇게 말하는 손님이 적지 않다.

개중에는 한창 부부 싸움을 하던 부부가 와서 각각 "바보 자식아!" 하고 소리 지르면서 나를 때린 다음에 가뿐한 마음으로 사이좋게 돌아가는 경우도 있었다.

1,000엔 욕심에 맞는 일을 하고 있는 내가 손님에게서 '고맙다'는 말을 들을 줄이야, 생각조차 못한 일이다. 때로는 감격했는지 울음을 터뜨리는 사람도 있다.

딱 1분, 사람을 때린다는 행위가 그들을 치유시키고 있는 것인지도 모른다. 나는 그렇게 느끼는 것이다.

그저 단순하게 실컷 몸을 움직였다는 데에서 상쾌해지는 사람도 있을 것이고, 투쟁 본능이 충족되어 자기 속에 있던 무엇인가 개운치 못한 것을 풀어 버린 사람도 있을 것이다.

'인간 샌드백을 실컷 때려서 스트레스를 발산하고 밝은 기분으로 돌아갔으면 좋겠다.'

내가 하레루야라는 파이트 네임을 쓰고 있는 것도 그런 바람이 있기 때문이다.* 어차피 맞는 것, 이왕이면 마음속의 모든

---

*하레루야는, "하늘이 개다. 괴로움 등이 사라지다."의 뜻을 가진 일본어 '하레루(晴れる)'에 장사꾼을 뜻하는 '야(屋)'를 붙여 만든 이름인데, 할렐루야의 일본어 표기와도 발음이 같다.

외침을 토해 내고 갔으면 하는 것이 나의 바람이다.

"지금 당신이 강하게 생각하고 있는 게 무엇입니까?"

싸움을 시작하기 전, 나는 손님에게 그렇게 질문한다. 꿈이라도 좋고 소원이라도 좋고 분노나 울분이라도 좋다. 생각하고 있는 것을 말해 주면 나는 손님과 함께 외친다.

"부자가 되고 싶다!"

"그녀를 갖고 싶다!"

"사실은 상사를 두들겨 패고 싶다!"

처음에는 중얼거리듯이 말하던 손님도 내가 옆에서 큰소리로 말하면 거기에 이끌려,

"○○는 바보다!"

하고 외친다. 각자의 생각대로 우렁차게 외친 다음 마음껏 때리게 하는 것이다.

하지만 나 자신도 장사를 시작한 초기부터 그렇게 소리치거나 손님과 함께 외친 것은 아니다. 나도 가부키초의 한복판에서 혼자 서서 큰소리로 외치는 것이 처음에는 부끄러웠다.

어떤 서비스업이나 마찬가지일지도 모르지만, 얻어맞는 장사에서 무엇이 제일 힘드냐 하면 한가한 때만큼 괴로운 게 없다.

"자, 한번 해 보십시오."

외쳐도 아무도 와 주지 않아서 혼자 길바닥에서 우두커니 서 있는 인간 샌드백의 모습만큼 한심한 것은 없다.

'내가 이런 데서 뭐 하는 거지…….'

그런 생각이 든다.

행인들은 별난 사람이라는 식의 눈길을 던지며 그냥 지나쳐 버린다. 뭐, 실제로 별난 사람이긴 하지만, 그래도 한심하고 창피하다. 특히 처음 개업했을 무렵에는 그러했다.

재치 있는 말로 손님을 끄는 것도 사람들이 빙 둘러 싸고 있는 가운데 손님이 잇따라 나와 줄 때는 괜찮지만, 혼자 외톨이로 떨어져 있는 판국이 되면 공허하게 울려퍼질 뿐이다. 인간 샌드백이란 맞아야 장사가 되는 것이지 멀찍이 에워싸고 구경만 하면서 아무도 때려 주지 않으면 그냥 길거리의 바보 꼴이 되는 것이다.

2년 가까이나 가부키초에서 장사를 하고 있다 보니 인지도도 조금은 높아졌지만, 그래 봤자 인간 샌드백의 존재 따위는 알지도 못하고 관심조차 없는 사람이 많다고 하겠다. 그런 사람들의 틈바구니에서 "날 때려 주십시오."라고 외치고 있다니, 그것만으로도 이상한 인간이라고 하지 않을 수가 없다.

그런 때에는 얼굴을 아는 사람을 찾아내 손님이 되어 달라고 하기도 하고, 때로는 공짜로 때리게 하는 경우까지 있다. 결국 바람잡이를 세우는 셈이다. 그렇게 해서 분위기를 띄워 놓음으로써 일반 손님들이 도전하기 쉬운 분위기를 만들어 가는 것도 영업적인 노력의 하나이다.

애초부터 나는 뻔뻔한 인간이다. 장사를 시작하면서 하는 인사말이나 손님 끌기가 몸에 익게 된 다음에는 더욱 뻔뻔한 퍼

포먼스를 하기 시작했다. 어느 날, 문득 이런 생각이 들었던 것
이다.

 '맞아. 난 옛날에 사실은 가수가 되고 싶었어. 어차피 사람들
이 모여드는 장소에서 장사를 하는 거라면 모두에게 노래도 불
러 주자.'

 놀랍게도 이런 내게는 자작곡이 몇 곡 있다.

 생각난 다음날부터 나는 얻어맞는 장사를 하면서 틈틈이 노래
도 몇 곡 부르기로 했다. 그런데 인간 샌드백을 하고 있을 때에
는 많았던 구경꾼들이 노래를 부르기 시작하면 싹 사라진다.

 지금도 가끔 생각난 듯이 노래를 부르는 때가 있는데 모두들,

 "부탁이니까 부르지 말아요."

 라고 말한다. 아마도 내게는 노래에 대한 재능은 전혀 없는 모
양이다.

인간 샌드백의 경제학

시간당 6만 엔의 사나이

'가부키초에서 제일 시급이 높은 남자'

나는 스스로에 대해 그렇게 말하고 있다. 1분당 1,000엔을 받고 맞으니까, 60분이면 6만 엔. 다시 말해 시간 당 6만 엔이다.

세계 유수의 번화가, 신주쿠 가부키초라고 해도 이만한 임금을 지불하는 가게는 없지 않을까? 고급 증기탕의 아가씨나 일류 호스트와 비교해도 결코 뒤지지 않는 임금이 아니겠는가?

그렇지만 이것은 단순한 계산상의 수치이지 실제로는 1시간에 60명을 상대로 하는 일은 불가능하다. 그래도 제일 많을 때에는 하룻밤에 100명 이상을 상대하는 때도 있다. 그러면 실제로 하룻밤에 10만 엔 수입이다.

지금의 나로서는 인간 샌드백 이외의 방법으로 그 정도의 돈을 벌어 오라고 하면, 달리 더 좋은 방법은 도저히 생각해 낼 수가 없다.

예를 들어, 내 본업이었던 전기 공사 일을 보자. 회사의 수주 금액 자체는 수백만 엔, 수천만 엔이라는 액수가 되기는 하지만, 과연 나 개인이 1시간에 얼마를 벌었냐고 따져 보면, 필시 1분에 1,000엔을 벌지 못했을 것이다.

그런 의미에서 남들이 보기에는 죽을지도 모르는 무모한 장사라고 해도, 장사를 하는 본인으로서는 수지가 안 맞는 장사라고 딱 잘라 말하기 어렵다.

당초에 인간 샌드백을 시작하면서, 대체 어떤 요금 체계를 취하면 좋을까 하는 부분에 대해 여러 가지로 궁리했었다. 그렇지만 같은 업종의 회사도 없고, 다른 사례도 없었기 때문에 비교 검토가 불가능했다. 결국 주위 사람들에게 물으러 돌아다니는 수밖에 없었다.

"이봐. 얼마면 돈을 내고 사람을 때릴 것 같아?"

"글쎄. 한 5,000엔?"

"음……, 3,000엔이면 할 것 같은데."

등등의 대답 가운데에서 가장 많은 답변이 나왔던 3분간 3,000엔이라는 타당한 선을 기준으로 잡고, 나와 손님의 체력적인 면까지 고려하여 시간과 금액을 각각 3분의 1로 나눠 결국 '1분에 1,000엔'이라는 투명한 계산이 만들어진 것이다.

그렇기는 한데, 원래부터 별 근거가 없는 숫자였기 때문에 솔직히 말하면 결정을 앞두고 막판까지 1분에 2,000엔으로 할까 말까 하고 망설였다. 돈 때문에 하는 거니까 단돈 100엔이라도 많이 받고 싶다는 욕심은 당연한 것이다. 그래도 끝내 욕심을 누르고 장사꾼다운 발상을 했다.

'내가 손님이라고 해도 2,000엔까지는 돈을 낼 거야. 하지만 사업을 키우기 위해서는, 나 자신이 봐도 싸다고 생각될 정도의 가격을 매기지 않으면 손님은 오지 않을 거다.'

이 장사는 원재료비도 필요 없고, 재고를 안고 괴로워할 걱정도 없다. 외상매출도 없고, 인건비도 제로. 만일 실패한다고 해도 빚이 늘어나는 일은 없다. 위험이라고 하면 내 몸에 대한 것뿐. 사실은 그것이 가장 두려운 바이지만, 고민하기 시작하면 끝이 없는 법이다.

어쨌든, 지금의 내게 있어서 '잘못 되어도 부채가 늘지 않는다. 장사만 된다면 이익이 난다.'는 길을 발견한 것이다. 그 점을 생각한다면, 조금이라도 싸게 해서 많은 손님을 오게 만드는 편이 오래 지속할 수 있을 터였다. 그것이 1분에 1,000엔으로 결정했을 당시의 내 나름대로의 계산 근거였다.

벌써 몇 번이나 찾아와 준 단골손님이 많이 생긴 것만 보아도 1,000엔이라는 가격은 딱 알맞은 액수였다고 생각한다. 그렇기는 하지만, 명절 연휴 기간 같은 때에는 특별 요금을 받기도 한다.

"부디 인간 샌드백에게 세뱃돈을 주십시오."

라고 말하면서 1분에 2,000엔으로 가격을 올린다. 연휴 기간에는 기차나 비행기 또한 요금을 올린다는 것을 구실 삼아 인간 샌드백도 그런 쪽에 편승하기로 하고 있는 것이다.

그런데 1분에 1,000엔이라면 과연 펀치 한 방에는 얼마나 될까 하는 생각이 들어 계산을 해 본 적이 있다.

손님은 1분 동안에 나를 몇 번이나 때릴까? 몇 방의 펀치를 날릴까? 평균하면 대개 40방 정도이다. 1,000÷40 = 25. 한 방 때리려고 달려들 때마다 손님은 나한테 25엔씩을 내고 있다는 말이 된다.

그렇다면, 완전히 피한 펀치를 빼고 맞은 펀치만 계산해 보자. 가령 세 방 맞았다면 한 방당 330엔. 한 방밖에 맞지 않았다면 계산할 것도 없이 한 방에 1,000엔이다.

덧붙여 말한다면 여성 손님의 요금은 1분에 500엔이다. 여성의 경우는 맨 처음에 서비스로 전혀 방어를 하지 않을 테니까 두 방 정도는 그냥 때려도 좋다고 말해 준다. 드물게 강한 펀치가 날아오는 경우도 있지만, 대부분의 여성은 애교로 끝난다.

길거리에서의 맞는 장사 이외에도 때로는 고마운 부수입이 있다. 쇼를 하는 술집 등에 나가 '인간 샌드백 쇼' 영업을 하는 것이다. 쇼라고 해도 어차피 인간 샌드백으로서 얻어맞는 일이기 때문에 부수입이라고 할 것이 아닐지도 모르지만, 그래도 이런 경우에는 손님에게서 1,000엔을 받는 것이 아니라 출연료로서 술집에서 받는다. 출연료는 30분 스테이지에 5만 엔이라는 기본요금이 정해져 있다. 이때만큼은 시간 당 10만 엔이된다. 실로 가부키초에서 가장 임금이 센 사내라고 해도 좋을지 모르겠다.

극히 드물기는 하지만 맞지 않고 얻는 부수입도 있다. 무슨 생각으로 그러는지, 나 같은 사람에게 강연을 의뢰해 오는 단체가 가끔 있는 것이다.

"어째서 회사가 망했는가? 왜 인간 샌드백을 시작한 것인가? 갚을 수도 없는 거액의 빚을 짊어졌을 때 어떻게 살아가면 좋을 것인가?"

그런 얘기를 해 달라는 것이다. 뭐, 바보 사장을 반면교사로 삼아 자기 회사가 망하는 일이 없게 하려고 그러는 것일지도 모르고, 빚에 시달리는 사람이 뭔가 궁여지책이라도 발견할 힌트를 얻고 싶은 것인지도 모르겠다. 아무튼 간에 나 같은 사람의 얘기라도 괜찮다면 얼마든지 좋다. 하물며 돈을 주겠다니, 나야 두말할 것도 없이 냅다 달려간다.

극 빈 자 의 일 기   "자, 오늘도 열심히 맞자!"

그렇게 파이팅을 외치고 나가려고 하는데, 아뿔싸! 주머니에 130엔밖에 없다. 지갑을 잃어버렸다든가 은행에서 돈 찾는 것을 잊어버린 때문이 아니다. 진짜로 전

재산이 그것밖에 없는 것이다.

'망했다. 이걸로는 신주쿠까지 가는 전철 삯도 안 돼…….'

나는 지금 이케부쿠로에 살고 있다. 신주쿠까지 가는 전철 삯은 150엔. 130엔으로는 다카다노바바까지밖에 갈 수 없다.

'할 수 없지. 다카다노바바에서 신주쿠까지 걸어가지 뭐.'

나는 터벅터벅 걸어서 내 일터인 신주쿠의 가부키초로 향했다. 만일 오늘 손님이 한 명도 오지 않으면 돌아갈 때는 오는데 걸어온 거리의 갑절 이상을 또다시 걸어서 돌아가는 수밖에 없다.

'왜 난 이렇게 돈이 없는 걸까…….'

가부키초에서 가장 높은 시급을 받는 사내라고 멋대로 떠들면서 어째서 130엔밖에 없단 말인가.

대답은 간단하다. 아무리 맞아도 거의 모두 빚을 갚는 데 들어간다. 아무리 맞아도 돈이 남아날 사이가 없는 것이다. 전날도 5만 엔 가까이 벌었지만, 금세 각 방면으로 날아갔다. 그리고 오늘 또한 그렇게 될 것이다.

'15만 명에게 맞으면 1억 5,000만 엔을 갚을 수 있다.' 따위의 말은 표어로서야 재미있지만, 채권자에게는 통하지 않는다. 인간 샌드백을 하는 것만으로는 도저히 메울 수 없는 숫자인 것이다.

그래서 나는 밤에는 열심히 인간 샌드백을 하면서, 낮에도 열심히 일을 하고 있다. 형식적으로 남아 있는 우리 회사 이름으로 가까스로 작은 전기 공사 일을 따오기도 하고, 다른 회사에 고용되어 일을 하기도 한다. 건설 공사든 도로 공사든 철거 공사든, 무엇이든 하는 것이다.

공사장 일까지 함께 하는 기간에는, 이른 아침에 현장에 들어가 밤까지 일하다가, 밤이 되면 안전모를 헤드기어로 바꿔 쓰고 가부키초에 서게 된다. 인간 샌드백 장사가 새벽 무렵까지 연장될 때도 있고, 공사가 바빠지기라도 하면 집에 돌아가는 시간조차 아까워서 공사 현장의 창고에서 자는 적도 많다. 여름에는 모기가 있고 겨울에는 춥다. 더러워서 평소 같으면 도저히 잠을 잘 만한 장소가 아니라도, 몸이 지쳤기 때문에 아주 잠깐이라도 누울 수만 있으면 어디서든 잘 수 있다. 만일 집에 돌아간다면 두 번 다시 일어나지 못할 만큼 깊이 잠들어 버릴지도 모른다.

그렇게 하는데도, 빚을 빨리 갚으라는 사람은 잔뜩 있는 데다가 떨어져 살고 있는 처자식의 집세도 밀리는 일이 일상다반사이다.

여름 어느 날, 아내에게서 이런 전화가 왔다.

"다음 달까지 어떻게든 150만 엔을 마련하지 못하면 나하고 애들은 노숙자가 되고 말아요."

아무래도 이사를 하지 않으면 안 되는 사정이 생겨서 이사 자금이 필요하다는 얘기였다. 이사를 하자면 지금까지 살고 있던 아파트의 밀린 월세까지 청산해야 하기 때문에 총 150만 엔이 필요하게 된다.

"좋아, 알았어. 어떻게든 해 볼게."

그렇게 말은 했지만, 말할 것도 없이 그런 현금은 어디에도 없다. 그렇다고 해서 지금의 내게 돈을 빌려 줄 금융 기관도 없고, 아는 사람에게서 돈을 빌리는 것은 이미 한계를 넘었다. 이만한 목돈을 준비하려면 결국 인간 샌드백으로 버는 수밖에 없는 것이다.

그것도 평소의 장사 방식으로는 기한까지 돈을 맞출 도리가 없다. 단기간에 돈을 만들려면 요금을 올리든지 손님 수를 늘리든지 둘 중 하나밖에 없는 것이다.

때마침 그때는 오본* 연휴 기간이었다. 정월에는 '인간 샌드백에게 세뱃돈을' 이라고 해서, 내 맘대로 만든 캠페인을 가지고 2,000엔으로 올렸던 것을 떠올려 이번에도 명절 요금이라고 해서 올려 볼까 했는데, 아무래도 손님들 주머니 사정이 안 좋은 모양이었다. 연말연시라면 그나마 돈이 나오지만, 오본 때는 세뱃돈을 대신할 것도 없으니 명절 요금은 바랄 수 없을 것 같았다. 그렇다면 손님 수를 늘리는 수밖에 없다.

'좋아, 오늘 밤은 100명과 대련하기로 하자. 어떤 일이 있어도 하룻밤에 10만 엔을 벌어 보이겠다.'

나는 그날 밤, 밤 8시에서 다음날 아침 5시에 걸쳐 100명의

---

*일본 전통 명절 중 하나로, 우리나라의 추석에 해당.

손님을 상대했다. 그 이전의 1일 최고 인원은 70명이었는데, 단숨에 30명을 늘린 것이다. 발길이 뜸한 날에는 내가 아무리 애를 써도 손님 숫자가 늘지 않지만, 사람들만 거리에 나와 있으면 어떻게든 할 수 있다. 어디까지 몸이 버틸지 다소 불안하기는 했지만, 하면 할 수 있는 법이다.

아무리 그래도 처자식을 노숙자로 만들 수는 없다. 시간이 지날 때마다 투지가 솟구쳤다. 후반에는 특히 긴장이 되었다.

"예, 다음 분!"

"퍽! 퍽!"

"예, 다음!"

"퍽! 퍽!"

그렇게 단숨에 100명을 채웠다.

긴장이 고조되어 있어서 끝난 다음에도 믿을 수 없을 만큼 쌩쌩했다. 좀 더 해도 될 것 같을 정도였다. 몸에 대한 충격도 전혀 느껴지지 않았다.

그러나 다음날 아침. 잠이 깨 일어나려고 했지만 눈을 뜰 수가 없었다. 눈 주위가 부어서 눈이 떠지지 않았던 것이다. 마치 권투 선수 시절의 시합 다음날 같았다.

다리와 허리는 크게 삐걱거리지 않았지만 양변기가 아닌 화장실에서는 용변을 볼 수가 없었다. 근육통이 심해서 쪼그려 앉을 수도 없었던 것이다.

'이런 몸으로 오늘도 장사를 해야 하나…….'

그렇게 생각했을 때, 창밖에서 빗소리가 들려왔다. 무심코 안도의 한숨을 쉬었다.

'이래서 오늘은 쉴 수 있을지도 모르겠구나……'

사실 인간 샌드백에게 있어서 비는 원수이다.

쫄딱 비를 맞고 서 있어 봤자 막상 손님은 와 주지 않는다. 아무도 걸음을 멈춰 주지 않을 뿐더러 노면이 미끄러워서 너무 위험하다. 내가 다치면 장사를 할 수 없게 되는 것은 당연하고, 그보다 더 겁나는 것은 손님이 미끄러져 쓰러지는 통에 상처를 입는 일이다. 비가 그친 뒤에 흠뻑 젖은 노면을 다른 사람들과 함께 닦아 본 적도 있기는 하지만, 그것도 위험하긴 마찬가지였다.

결국 비 오는 날은 한 푼도 벌 수가 없는 것이다.

인간 샌드백을 죽이는 데는 칼이 필요 없다. 그냥 비만 내리면 된다.

3장 인간 샌드백의 원점은 복싱

어째서 나는 쓰러지지 않는가
때리지 못하는 복서
인간 샌드백의 파이트 머니

어째서 나는 쓰러지지 않는가

비밀병기는 '퍼어링'   "가부키초에 절대로 쓰러
지지 않는다는 인간 샌드백
이 있대."

"그런 건방진 녀석은 내가 반드시 쓰러뜨려 주겠어."

그러면서 사방에서 격투기를 하는 사람이나 싸움에 자신 있는
사람들이 팔을 휘두르며 나를 때리러 온다. 그럼에도 불구하고
내가 2년 동안 거의 쓰러지는 일 없이 서 있을 수 있었던 것은
어째서일까?

그것은 프로 복서 시절, 어떤 특수한 방어 기술을 몸에 익혔기
때문이다.

아무리 상대의 움직임을 파악하는 시력과 반사 신경이 뛰어난

복서라도 상대 선수의 펀치를 100% 파악하고 모두 다 피하는 것은 불가능하다. 그렇다면 만일 피하지 못하고 펀치를 맞더라도 충격을 받지 않는 방어 방법을 익히고 있어야 결코 쓰러지는 일이 없을 것이다.

실제로 그런 방법이 존재한다. 그 기술을 퍼어링이라고 한다. 언뜻 보기에는 상대의 펀치를 정신없이 맞고 있는 것 같지만 전혀 타격을 입지 않는다. 왜일까? 상대의 펀치를 글러브로 교묘하게 받아들이듯이 하면서 펀치의 위력을 죽여 버리기 때문이다.

일본 권투 선수 중에서 이 테크닉을 진정한 의미에서 체득한 선수는 그리 많지 않다. 예를 들어 역대 챔피언 가운데 완벽한 퍼어링을 몸에 익혔던 것은 누마타 요시아키 정도일 것이다.

"세계를 제패한 역대 일본인 복서 중에서 제일 적게 맞은 챔피언."

이라고 일컬어지는 것이 누마타 요시아키인데, 그 근거가 되었던 기술이 퍼어링인 것이다.

나는 이 퍼어링에 가장 자신이 있다. 고작 6회전*짜리 경력밖에 없는 내가 이 테크닉을 익힐 수 있었던 것은 퍼어링의 명지도자로서 알려진 야마모토 아키시게오 선생님 덕택이다.

야마모토 선생님은 아사가야에서 레스토랑을 경영하는 한편

---

*프로 복싱에서는 4회전, 6회전, 8회전, 10회전, 12회전, 15회전의 형식이 있다.

개인 체육관을 열어 그곳에서 복서들에게 기술 지도를 하고 있는 트레이너이다. 나는 프로 테스트 합격 직후부터 10년 동안 야마모토 선생님에게 철저하게 권투를 배웠다. 야마모토 선생님의 가르침 중에서 가장 특징적인 것은 그 방어 스타일이다.

통상 권투 선수의 방어 자세는 팔꿈치를 접어 두 손을 얼굴 앞에 두는 스타일이다. 그러나 야마모토 선생님이 가르치는 방어는 그와 전혀 다르다. 손을 낮게 내려서 자기 시야를 넓게 해둠으로써 상대의 움직임을 끝까지 지켜보다가 피하는 식이다. 그리고 미처 피할 수 없는 펀치는 퍼어링으로 막는 것이다.

처음 그런 방어법을 보았을 때는 나도 '뭐야. 이게?' 하고 놀랐다. 상대의 펀치를 손등으로 받아 뿌리친다. 상대가 뻗은 펀치를 자기 글러브로 받아내듯 하여 펀치의 위력을 죽이는 것이다. 턱을 당기고 상대의 펀치를 퍼어링으로 막아내면 충격이 극도로 적어진다.

나는 10년에 걸쳐 이 테크닉을 습득했는데, 여기에서 한 가지 의문이 생길 수 있다.

'그런 무기가 있다면, 어떤 선수에게도 다운당하지 않으니까 챔피언이 되어도 이상하지 않은 거 아냐?'

그렇지만 당시의 나는 확실히 약했다. 현역 시절의 전적은 4승 8패. 내세울 만한 성적은 아니다. 쓰러지지 않는 기술을 갖고 있다고 하면서도, 선수 시절에는 연거푸 쓰러지기만 했다. 그런 주제에 맞는 장사를 시작하더니 '쓰러지지 않는 기술이 있어서 계속 서 있을 수 있다.' 며 떠들고 있는 것이다.

실은 현역 선수 시절, 나에게는 복서로서 치명적인 결점이 있었다. 그 얘기는 나중에 하겠다.

어쨌든, 아무리 '복싱 기술을 몸에 익히고 있으니까 인간 샌드백을 할 수 있다.' 고 해도 내가 인간 샌드백을 시작하려 들었을 무렵에는 이미 은퇴한 지 8년이라는 세월이 지나 있었다. 오랜 공백이 있을 뿐만 아니라, 나이를 봐도 기술과 체력이 쇠잔해 있는 것이 당연하다.

'빚을 갚을 수 없다. 큰일 났다. 좋아, 그럼 당장 인간 샌드백을 시작하자!'

하고 가볍게 일을 시작해 버렸다면 픽픽 쓰러져 빚을 갚기도 전에 죽어 버렸을 것이다.

아무리 평소에는 생각보다 행동이 앞서는 사람이라고 해도, 조금쯤은 생각해 봐야만 하는 국면이 있다. 목숨을 거는 장사라고 하지만 그냥 목숨을 바칠 수는 없는 노릇이다. 좀 더 인간 샌드백 나름대로의 바탕이 필요했다.

정말로 손님의 펀치를 피할 수 있을지 한동안 시험해 보고 나서 판단하기 위해 체육관을 다녔다는 얘기는 앞에서 언급했지만, 그때 나는 약 한 달 동안 하루에 6라운드씩, 총 100라운드 이상의 스파링을 해냈다. 그것은 할 수 있겠다는 확신을 얻는 일이면서, 동시에 공백을 메우기 위한 조정이기도 했다.

내가 매일 정력적으로 스파링을 거듭하는 모습을 보고, 어느 트레이너가 말했다.

"자네, 현역일 때보다 더 좋아 보이는걸."

실제로 복서는 은퇴하고 난 다음에 제일 좋아진다는 말을 흔히 하는데, 정말 나도 그랬다. 일단 은퇴해서 복싱과 거리를 두었기 때문에야말로 깨달은 것이 있었다.

나는 은퇴해서 전기 공사 일을 하면서도 복싱을 잊은 적이 없었다. 본격적으로 인간 샌드백을 개업하기 위한 준비 기간이라고 하면서도 실은 나에게 또 하나의 계획이 있었다.

회사가 잘 되지 않아 어쩔 수 없이 뭔가 다른 길을 찾을 수밖에 없는 상황이 되었을 때, 나는 이런 생각이 먼저 떠올랐다.

'난 복서다.'

전기 공사 회사가 안 된다면 내가 돌아갈 장소는 단 한 곳밖에 없다. 그것은 링이다.

좋아, 다시 한 번 복싱으로 컴백하자.

프로 복싱의 출장 자격은 37세까지다. 다행히 나는 그 시점에서 아직 2년이 남은 35세였다.

냉정하게 생각하면, 이제 와서 복싱을 해 본들 어떻게 되는 것도 아닐 터이다. 그러나 이미 그 어디에서도 동전 한 푼 빌릴 수 없는 내게 있어서 유일하게 남겨진 것은 복서로 나서 파이트머니를 받는 일이었던 것이다.

그렇지 않아도 파이트머니가 낮은 일본 복싱계에서, 늙은이인 내가 이제 와서 링에 올라가 봤자 받을 수 있는 금액은 뻔하다.

그러나 현금을 빌릴 수 없어도 주최자에게서 나눠 받는 경기 입장권을 팔아 현금을 손에 쥐는 일이라면 가능하다. 선수 은퇴 후 업무적으로 알게 된 사람들을 대상으로 닥치는 대로 티켓을 팔러 돌아다니면 아주 조금이나마 수중에 돈이 들어오게 된다. 몸을 자본 삼아 돈을 벌려고 생각했던 것이다.

그런데 이 방법은 먹혀들지 않았다. 권투 협회는 선수 안전 관리상의 이유로 공백이 있는 선수의 컴백에 대해서는 까다로운 조치를 취하고 있었다. 컴백을 신청하는 선수가 연간 40명 정도 있는 모양이지만, 실제로 인정받는 사람은 극소수라고 한다. 결국 나의 컴백은 허락을 얻지 못했다.

그런 때 내 눈에 들어온 것이 K-1 선수 모집 광고였다. 마침 K-1이 일본에서 붐을 이루기 시작하던 시기였다.

'K-1이라……. 좋아, 여기에 걸어 보자.'

나는 곧바로 응모하기로 했다. 130명 정도의 응모자가 심사 회장에 모여 1차 심사부터 시작, 점차 사람들을 탈락시켜 가면서 4차 심사에는 나를 포함한 35명만 남겼다.

4차 심사는 킥 실기였다. 지금까지 킥 연습 같은 것을 해 본 적이 없었던 나는 즉흥 실력으로 도전해 봤지만, 가라테처럼 애초에 발차기 기술이 있는 격투기 경험자와의 격차는 뚜렷한 것이어서 어이없이 불합격되었다. 2차, 3차 심사를 통과하면서 문득 꿈꾸었던 K-1 우승 상금 2,000만 엔이 허무하게 사라졌던 것이다.

링으로 돌아가겠다는 꿈이 깨진 왕년의 복서가 한 달의 트레이닝 성과를 발휘해야 할 장소는 역시 인간 샌드백이라고 하는, 뒷골목 세계의 링밖에 남아 있지 않았다.

나는 100라운드의 스파링을 통해 재발견한 바가 있었다. 기본적으로 복서는 공격하는 것밖에 생각하지 않는다는 점이다. 방어를 하기는 하지만 어디까지나 공격을 위한 것이므로 상대를 쓰러뜨리는 것을 우선 목적으로 한다. 복서는 상대를 쓰러뜨리기 위해 링에 올라가는 것이지 방어를 위해 올라가는 것이 아니다. 링에서는 '맞기 전에 때려라.'는 것이 철칙이다.

그런 목적을 걷어치우고 방어만을 한다면 얼마나 잘 막을 수 있을까? 이런 것은 아무도 상상해 보지 않았으리라. 뭐, 보통 복서라면 상상할 필요도 없는 것이지만…….

나는 인간 샌드백이 되고 난 뒤부터 확실히 방어 능력이 향상되었다. 그 증거로 현역 시절, 그토록 링에 오르기만 하면 KO패를 당하던 내가 이제는 랭킹에 오른 복서들이 필사적으로 덤벼들어도 한 번도 쓰러지지 않게 된 것이다. 만일, 마이크 타이슨이 1,000엔짜리 지폐 한 장을 꼭 쥐고 손님으로 와도 1분 1라운드라면 쓰러지지 않을 만한 자신이 있다(어차피 올 리도 없으니까, 말을 꺼낸 내가 이긴 거다).

시행착오 끝에 정착된 것이 지금의 스타일. 이는 어떤 복서도 생각해 내지 못한 것이다. 인간 샌드백을 하지 않으면 도달할 수 없는 스타일이다.

'공격은 최대의 방어다.' 라는 것은 어떤 싸움에서든 간에 진리일 수밖에 없지만, 그 최대의 방어인 공격이 허락되지 않는 이상, 인간 샌드백을 하기 위해서는 복서 매뉴얼과는 다른 차원의 방어가 요구된다. 어떻게 하면 공격하지 않고도 몸을 지킬 수 있을 것인가? 여기저기 상처투성이가 되면서 갈고 닦아 온 '인간 샌드백 전용 최강의 방어 폼' 이 여기에 있다. 예를 들면, 복근이 없어져 포동포동한 배를 가진 사람이라도 충분히 몸을 방어할 수 있도록 팔꿈치를 접어서 몸 앞에서 가볍게 아래위로 움직이는 스타일을 만들어 낸 것도 그중 하나다.

일반적으로 복서가 시합에 임하기까지의 트레이닝 기간 중 어느 정도의 스파링을 해내는가 하면, 약 100라운드 정도이다. 그와 비교해 보면 나는 요 2년간 무려 2,600라운드 이상이나 해왔다는 계산이 나온다. 숫자만 본다면 나로서도 엄청난 라운드 수라는 생각이 든다.

"이 사람아, 인간 샌드백인 주제에 세지면 뭐 해?"

라는 말을 들어도 어쩔 수 없다.

다만, 이런 말은 할 수 있을지도 모르겠다. 앞으로 데뷔하려고 하는 젊은 복서에게 공격은 일절 가르쳐 주지 않고, 먼저 나와 똑같은 것을 하게 한다. 즉, 인간 샌드백을 1년 동안 착실히 해서 방어를 잘 연마해 둔 다음에 공격을 가르친다. 만일, 선천적으로 뛰어난 펀치를 지닌 선수를 이런 메뉴로 특별 훈련을 시킨다면 흥미로울 것이다. 절대로 쓰러지지 않는 굉장한 선수가 완성될지도 모른다.

이런 콘셉트로 하레루야 체육관을 만들어 챔피언을 몇 명 키워내 돈을 뽑아낸다. 좋아, 이걸로 가자. 이름 하여 '인간 샌드백 소굴.' 근데, 이런 데에는 아무도 오지 않을려나…….

인간 샌드백 영업 매뉴얼

솔직히 말해, 나름대로 경력이 있는 복서라면, 손님의 펀치를 피하는 일은 그렇게 어려운 것이 아니다. 상대와의 거리를 확실히 확보한 다음에, 상대가 때리려고 접근할 때 풋워크로 도망 다니면 펀치를 맞는 일이 없다. 이른바 아웃복싱이라는 방법이다.

링과 같거나 그 이상의 공간만 있어 준다면, 1분 동안 계속 뒤로 물러서기만 해도 상대와의 안전한 거리를 유지하며 피해 다닐 수 있을 것이다. 그런 스타일만 일관되게 유지할 수 있다면 퍼어링을 못하는 복서라도 쓰러지지 않을 수 있다.

그러나 그렇게 피해 다니는 스타일로 나가면 얻어맞는 장사는 되지 않는다. 인간 샌드백이 줄곧 안전권으로 피하기만 한다면 손님은 전혀 즐겁지 않을 테고 보는 사람도 재미가 없을 것이다. 퍼포먼스로서 전혀 분위기가 달아오르지 않게 된다.

"뭐야, 저 자식. 그저 물러나 피하기만 하잖아?"

라는 말이 나오고 만다.

그런 데에는 아무도 돈을 내고 참가해 보고 싶은 마음이 들지 않을 것이고, 누구도 멈춰 서서 구경하고 싶지 않을 것이다. 인간 샌드백이라고 하는 장사는 퍼포먼스로서 분위기를 띄우지 못하면 성립되지 않는다.

 장사로서 손님에게서 돈을 받기 위해서는 풋워크로 안전권으로 물러서는 아웃사이드 복싱이 아니라 상대와 접근하는 인사이드 복싱 스타일이 아니면 안 된다. 반드시 펀치가 닿을 거리에 있으면서 펀치를 피하는 것. 상대의 품으로 뛰어들어 가는 것처럼 하면서 펀치를 피해야 한다. 상대의 펀치를 물러서서 피하는 것이 아니라, 반대로 상대의 품으로 뛰어들어 피하는 것이다. 이런 스타일로 해야 도전하는 손님도 즐겁고, 보는 손님도 흥이 나는 것이다.

 하지만 그 정도의 접근전을 벌인다면 설사 전직 프로권투 선수라고 해도 위험이 너무 크다. 안전권을 벗어나는 일이니 당연히 위험하다. 때문에 접근하면서도 몸을 지키기 위해 필요한 것이 퍼어링이라는 기술이다. 상대와의 거리를 좁혀 둔 상태에서 완전히 피할 수 없는 펀치가 날아오면 퍼어링으로 방어한다. 때로는 굳이 얼굴이나 몸을 움직여 피하지 않고 그냥 퍼어링으로 상대의 주먹을 흘려버린다.

 퍼어링은 일반 사람이 보면 펀치에 맞은 것처럼 보인다. 손님의 펀치가 내 글러브를 맞고 밖으로 스쳐나갈 때마다 팡 팡 하고 강한 소리도 난다. 그러면,

"와! 맞았다."

라고 관객도 흥분하고 때리고 있는 손님 자신도 나름대로 손맛을 느낀다는 얘기다. 나는 언제든지 무방비에 가까울 정도로 두 손을 내리고 있다. 양손의 글러브로 얼굴을 가려 버리면 아무도 선뜻 때리러 나서지 않는다.

"자, 언제든 때리시라."라는 식으로 손님에게 얼굴을 드러내기 때문에야말로 인간 샌드백인 것이다.

때리지 못하는 복서

생각해 보면, 난 옛날부터 세
상을 떠들썩하게 만들어 눈에

사 랑 과 눈 물 의 K O 패

띄고 싶어 했다. 중학교 시절에는 멍청한 주제에 학생회장을
맡기도 했고, 연극부에 들어가 주역을 맡기도 하는 등, 조금도
가만히 있지 않았다.

 그런데 언제나 남의 눈을 끄는 일을 하면서도 정작 중요한 고
교 입학시험에서는 실패하는 꼴을 당해서, 정말이지 창피해 동
네도 돌아다닐 수가 없었다.

 그리하여 16세의 봄, 나는 아오모리의 고향집을 뛰쳐나와 도
쿄로 올라갔다. 그렇다고 해서 명확한 목적을 지닌 것도 아니
었다. 우선 물장사나 육체 노동으로 생활비를 벌어 가면서 넓

은 도쿄 거리를 둘러보았다,

'도쿄에는 커다란 빌딩이 많이 있구나. 좋아, 나도 언젠가 이 거리에 내 빌딩을 세우겠어!'

밑도 끝도 없는 생각만 하고 있었다. 뭐, 결국에는 내 빌딩은 아니라고 해도, 빌딩 세우는 일에 종사했던 것은 분명하지만……

권투를 시작한 것은 그 즈음이었다. 아르바이트 하다 알게 된 친구가 하루는 이렇게 말했다.

"권투는 대단하더라, 요전에 싸우는 걸 봤거든. 그 복서가 말이야 혼자서 몇 사람이나 때려눕히더라고. 거기에 비하면 검도는 형편없어."

그는 검도 유단자로 전국 체전에서 입상한 적도 있는 친구였다.

"이봐. 앞으로 장사를 벌이기 위해선 세져야 해. 그러기 위해선 뭐니 뭐니 해도 복싱이야."

그는 그렇게 말한 뒤,

"같이 권투 배우러 가자."

하고 열심히 나를 꼬였던 것이다.

나는 격투기나 무술 따위에는 흥미가 없었고, 싸움을 잘하고 싶다는 생각을 한 적도 없었다. 그렇지만 그의 꾐에 넘어가 체육관에 다니게 되었고, 그로부터 완전히 복싱에 빠져 들었다. 그리고 이런 얘기가 흔히 그렇듯이, 같이 가자고 했던 친구는 금방 체육관을 그만두어 버렸다.

나는 17세에 프로 선수 테스트에 합격했고, 얼마 후에는 데뷔전을 치를 수 있었다.

고라쿠엔 홀에서의 데뷔전. 오키나와 출신 선수를 맞아 링에 올라갔을 때, 공 소리를 듣자마자 관자놀이에 스트레이트를 맞고 깨끗하게 다운당하고 말았다. 1라운드 2분 10초 만의 KO패. 스스로도 '어? 벌써 끝났어?' 라고 생각할 정도로 어이없는 끝장이었다.

2차전 때에도 1라운드에서 KO패, 그 후 3차전. 여기에서 다시 KO패 한다면 규칙상 출장 자격을 잃게 되고 만다. 그 중대한 시합에서 나는 가까스로 첫 승리를 거둘 수가 있었다.

이때 상대가 나중에 일본 랭킹 1위가 된 선수인데, 그가 타이틀을 획득하기 전에 치른 시합 중에 진 적은 그 시합뿐이라는 말을 들었다.

"넌 이기지 못할 것 같은 상대한테는 이기는 주제에, 이길 만한 상대한테는 픽 지고 말더라. 대체 뭐하는 선수야?"

관장이나 트레이너에게 늘 그런 말을 들었다. 실제로 4승 8패라고 하는 성적 중 네 번의 승리는 모두 한 수 위의 상대였고, 여덟 번의 패전은 스파링 할 때에는 상대가 되지도 않을 선수뿐이었다.

"넌 연습하는 것만 보면 챔피언감인데 말이야."

흔히 있는 그런 타입의 선수였다. 그 연습벌레 같은 태도를 인정받아 세계 챔피언의 스파링 상대로 몇 번 지명된 적이 있다. 강한 상대에게는 강한 것이 내 장점. 스파링에서 나는 세계 챔피언과 호각으로 겨루었다……, 라고 나 자신은 생각하고 있다.

나도 그런 것이 좋아서 언제든 톱 랭킹 선수와 벌이는 스파링에는 적극적이라 '스파링 중독'으로 일컬어질 정도였다.

훈련 과다라는 말을 모르는 바보여서, 가장 이른 시간에 체육관에 나와서 아무도 남지 않은 시간까지 연습을 계속했다. 기다리다 지치는 것은 내가 아니라 항상 트레이너였다.

"난 이제 집에 가 자고 싶다. 좀 봐줘."

"부탁입니다. 조금만 더 가르쳐 주십시오."

나는 늘 끈질기게 물고 늘어졌다.

"복서는 로드워크가 중요해."라는 말을 들으면 매일 20킬로미터를 줄곧 달리기만 해서 한때 갑자기 다리가 움직이지 않게 된 적도 있다.

"어? 내 다리가, 어떻게 된 거야……."

그렇게 말하며 다리를 주무르고 있는 내게 트레이너가 말했다.

"멍청아. 그건 너무 달려서 그래. 로드워크 같은 건 5킬로만 달리면 충분하단 말이야."

"아, 그런 거였나요……."

스스로는 '대단하지? 난 이렇게 많이 달렸단 말이야.'라고 생각했는데, 칭찬해 주는 사람이 있기는커녕 "너 바보냐?" 하고

나무란다. 그러나 그 당시의 시합은 드물게도 이길 수가 있어서,

'역시, 많이 연습하면 이길 수 있구나.'

하고 혼자 고개를 끄덕였던 것이다. 전문적인 것은 잘 모르지만, 틀림없이 내게는 뭔가를 제어하는 어떤 뇌내 물질이 부족한지도 모르겠다.

그토록 열심히 했던 나의 패인 중 하나는, 감량에 늘 실패하고 있었다는 점이다. 라이트급이었던 나는 75킬로그램이나 되는 체중을 61.2킬로그램까지 뺄 필요가 있었다. 보통은 뺀다고 해도 5킬로그램 전후를 감량하는 것이니, 14킬로그램의 감량은 남다른 케이스라고 할 수 있다.

그렇지 않아도 무지막지한 감량인데 나는 몸 관리에는 빵점이었다. 원래 물만 마셔도 살찐다는 체질인 주제에 누군가가 한턱내겠다고 하면 먹을 수 있는 만큼 먹어 버린다. '좋아, 오늘은 실컷 먹자. 감량은 내일부터다.'

그야말로 다이어트에 실패하는 아가씨들과 똑같은 식이다.

한 번은 시합 한 달을 앞두고 규정 체중까지 빠진 적이 있어서 '괜찮아, 언제든 뺄 수 있어.' 라고 마음 턱 놓고 맘대로 먹었던 때가 있다. 그런데 막상 시합이 가까워져서 감량을 시작하자 이번에는 전혀 체중이 빠지질 않았다. 한 달 전에 시도해 봤을 때와 똑같은 방법들을 써 봐도 도무지 체중이 줄어 주질 않았던 것이다.

먹지도 마시지도 않고 트레이닝과 사우나를 오가면서 침까지 계속 뱉었다. 그래도 생각만큼 줄지 않아서 끝내는 400cc의 헌혈까지 했다. 그리하여 시합 당일에 이르렀을 때는 옷 입기도 귀찮을 정도로 체력이 떨어져 있었다. 링에 올라가기 전에 이미 다운된 구제불능 복서였던 것이다.

내가 그렇게까지 하면서 라이트급을 고집했던 것은 어떤 사람의 한마디 말 때문이었다.

"네 오른팔이라면 라이트급을 제패할 수 있어."

시작한 지 얼마 되지도 않은 신참 복서가 그런 말을 들었으니, 얼마나 감격스럽고 얼마나 많은 의욕과 용기를 얻었을까? 게다가 그 말을 한 주인공은 전 세계 챔피언인 가쓰 이시마쓰였다.

가쓰 씨는 내가 소속된 요네쿠라 체육관의 선배로, 가끔 체육관에 들러 후배들에게 조언을 해 주고는 했다. 그런데 어느 날 몸소 미트를 끼고 내 펀치를 받아 주었다. 그것만으로도 너무나 큰 영광이라 할 텐데, 한바탕 내 펀치를 받아낸 뒤에 이렇게 말했던 것이다.

"좋은 펀치야. 네 오른팔이라면 누구든 쓰러뜨릴 수 있겠어."

전 WBC 라이트급 세계 챔피언의 그 한마디에 나는 완전히 라이트급에 푹 빠지고 말았고, 그 이후에도 자신의 적성 따위는 도외시한 채 라이트급에만 집착했던 것이다.

그런가 하면, 중요한 시합 직전에 교통사고를 당하는 통에 시합이 취소된 적도 있다. 상대는 나중에 일본 라이트급 챔피언 타이틀을 오랜 기간에 걸쳐 방어한 릭 요시무라 선수였다.

 당시, 강적과의 시합을 앞둔 나는 그에 대비하여 로드워크에 힘을 쏟고 있었다. 후배 선수들을 이끌며,

"자, 가자! 날 따라와!"

 하고 의기양양 나섰다가 50cc짜리 오토바이에 내 스스로가 쾅 하고 부딪쳐 버렸던 것이다. 내 오른발은 보기 좋게 부러졌고, 모처럼의 도전권은 물거품이 되고 말았다.

어떻게 된 영문인지 그런 한심한 복서의 결혼을 위해서 체육관의 **때 리 지 못 하 는 복 서**
요네쿠라 관장님이 일부러 중매를 서 주셨다. 복서로서의 내 위치를 생각하면 요네쿠라 체육관의 관장님이 내 중매를 서 주는 일 같은 것은 이쪽 세계의 관례로서는 있을 수 없는 일이었다. 관장님이 내 이전에 중매를 서 주었던 사람은 세계 챔피언인 시바타 구니아키였다. 그만큼 드문 일인 것이다.

 관장님은 중매인으로서 인사를 하면서,

"반드시 그를 세계 챔피언으로 만들겠습니다."

 라고 말씀해 주셨지만, 그것은 완전히 립 서비스여서, 관장님 자신도 나중에 "그의 펀치는 아무도 맞지 않을 겁니다."라고 속내를 말하기도 했다.

 관장님은 복서로서의 소질이나 장래성을 보고 중매를 서 주신

것이 아니라, "녀석이 복싱에서는 노상 지기만 해도 재미있고 좋은 녀석이니까 나섰다."는 모양이었다. 모처럼 실력에 넘치는 총애를 받았으면서도 내가 끝까지 기대에 부응하지 못한 형편없는 복서에 머물렀던 데에는 어떤 결정적인 이유가 있었다.

나는 학창시절에 농구 선수였다. 농구와 복싱은 풋워크 방법이나 대인 방어 등에서 공통된 요소가 많다. 내가 복싱에 빠져든 것은 그런 부분에서 매력을 느꼈기 때문이다. 연습을 거듭해 갈 때마다 풋워크 사용법도 능숙해지고 상대의 움직임도 간파할 수 있게 되는 것이다. 자신의 펀치도 재미가 날 정도로 잘 맞게 된다. 스포츠 기술이 숙련되어 가는 기쁨에 넘쳐 복싱이 점점 재미있어졌다.

나에게 있어서 복싱이라는 것은 어디까지나 스포츠로서 상대를 피해 펀치를 맞혀 깨끗하게 이기는 데 목적이 있었다. 투지를 드러내며 상대를 노려보는 따위의 일은 질색이다. 상대는 스포츠의 대결 상대이지 원수가 아니다. 위협할 필요도 없다. 오히려 빙그레 웃어 보이고 정정당당하게 싸워 시합에 이긴다. 오로지 그것만이 나의 목표였다.

그렇지만 내가 복서로서 대성하지 못했던 원인은 실로 거기에 있다.

아무리 내가 권투를 스포츠로서 받아들이고 있다고 해도, 권투의 경기 내용이 서로 치고 받는 데 있다는 객관적 사실은 변하지 않는다. 역시 복싱은 투쟁 본능이 강하지 않으면 이길 수 없는 것이다. 상대를 반드시 쓰러뜨리겠다는 강인한 의지를 갖지 못한 인간이 이길 수 있을 만큼 복싱은 만만하지 않다. 나는 상대를 계속해서 때릴 수가 없었다. 적을 때릴 수 없는 복서였다. 상대를 두들겨 쓰러뜨려야겠다고 마음먹은 적이 한 번도 없었던 것이다.

공이 울리고 링 중앙에서 상대와 마주 서서 풋워크를 사용하면서 상대를 똑바로 본다. 그리고 상대의 움직임을 지켜보다 정확한 펀치를 날린다. 여기까지는 괜찮다. 그런데 그 펀치에 상대가 타격을 받고 비틀하는 모양을 보면 거기에서 손을 놓아버리는 버릇이 나에게는 있었다. 원래대로라면 그 순간이야말로 복싱 승부의 결정적인 찬스일 터이다.

"지금이야! 단숨에 공격해!"

그렇게 소리치는 세컨드의 목소리대로 상대에게 숨 돌릴 틈을 주지 않고 때려눕혀야 할 기회인 것이다.

그런데도 나는 거기에서 끝장을 볼 때까지 더 때리지 못했다. 온 힘을 다해 공격에 나서서 펀치를 퍼부을 수가 없었다. 왠지 손을 멈추어 버리는 것이다. 복서로서 습관이라고 부르기에는 너무나도 치명적인 결점이었다.

내가 이기는 경기란 오직 총공세에 나설 필요가 없는 케이스였다. 다시 말해, 한 방에 상대가 쓰러지는 것. 회심의 펀치를 맞은 상대가 비틀 하더니 그대로 다운되어 두 번 다시 일어나지 못하는 일격 필살. 그런 경우밖에 없었다.

남을 때리지 못하는 복서. 이제와 곰곰이 생각하니 마치 지금의 나와 같지 않은가? 손님에게 때리고 싶은 만큼 때리라고 하면서도 나 자신은 결코 펀치를 뻗을 수 없다. 얻어맞는 장사를 시작하기 한참 전부터 사람을 때리지 못했던 복서에게, 지금의 인간 샌드백은 딱 맞는 일인지도 모르겠다.

인간 샌드백의 파이트머니

"엄청나게 강한 손님이 와서 퍽 하고   **나의 투쟁 본능**
펀치를 먹였을 때, 자기도 모르게 마
음이 변해 진짜로 받아치게 된 적은 없나요?"

 취재하러 나와 종종 그런 질문을 하기도 한다. 강한 상대의 공
격에 의해 나도 모르게 복서로서의 투쟁 본능이 드러나 그만
손님에게 펀치를 날려버리는 일이 없었느냐는 질문이다.

 있을 법한 질문이지만, 결론부터 말하면 한 번도 손님을 되받
아친 적은 없다. 왜냐하면 나도 프로 인간 샌드백이니까.

 격투가의 본능에 대해서 말한다면, 이전에 이런 얘기를 들은
적이 있다. 신일본 프로 레슬링의 사장을 맡고 있을 무렵의 안
토니오 이노키가 어느 입시 학원의 강연회에 강사로 초빙되었

을 때 학생들에게 이렇게 말했다고 한다.

"난 너희들을 정신 바짝 차리게 만들려고 여기에 왔다. 하지만 내가 너희들을 때리면 너희들은 모조리 죽고 말 것이다. 그러니까 너희들이 나를 때리는 게 좋겠다. 날 때림으로써 너희들 자신에게 기합을 넣도록 해라."

무언가 알 것 같기도 하고 모를 것 같기도 한, 실로 자의식이 강한 이노키 다운 논법이이었는데, (나 또한 자의식 강하기로는 남 못지않은 셈이지만) 어쨌거나 그런 이노키 씨의 도발적인 퍼포먼스 제안에 응해 희망자 몇 명이 이노키 씨를 때리려고 교단 앞에 집합했다고 한다. 학생들이 잇따라 이노키 씨를 때렸다.

퍽!

"좋아, 다음!"

"잘 부탁합니다!"

퍽!

"좋아, 다음!"

퍽!

그때, 그 학생의 펀치가 생각치도 않게 이노키 씨의 안면을 강타하자 그만 불끈한 이노키 씨가 본능적으로 학생을 후려갈겼다. '내가 때린다면 너희들은 죽고 말거다'라고 했던 이노키 펀치가 작렬했던 것이다. 아니나 다를까, 학생은 코피를 흘리며 나가떨어지고 말았다고 한다……

이것이야말로 격투가의 투쟁 본능이다. 자신에게 위험이 미칠 것 같은 공격을 받고 반사적으로 되받아쳤던 것이다. 나도 인간 샌드백이 아니었다면 마찬가지로 곧바로 되받아쳐 버렸으리라.

그러나 나는 인간 샌드백이다. 설사 손님에게 수백 방을 맞게 되더라도 단 한 방도 되받아치는 것은 허락되지 않는다. 지금까지 8,000명에게 맞아 왔지만, 한 번도 상대를 때린 적은 없다. 보통의 격투가라면 자기도 모르게 되받아칠 만한 국면을 당하더라도 자제심을 결코 잃어서는 안 된다. 그것이 프로 인간 샌드백으로서는 당연한 일인 것이다.

그렇다고 해서 내가 인간 샌드백으로서 손님과 마주하고 있을 때, 복서로서의 투쟁 본능을 억누르고 있는가 하면, 실은 그렇지 않다. 힘 자랑을 하러 온 손님이 작정을 하고 나를 쓰러뜨리려고 달려드는 판국에 양이나 염소처럼 안온한 마음으로 서 있다가는 죽고 만다. 인간 샌드백은 분명히 방어밖에 할 수 없지만, 그래도 투쟁 본능까지 잃는다면 목숨을 빼앗길 우려가 있다. 보기에는 방어만 하고 있는 것 같지만, 나도 상대를 몰아붙이는 기분을 갖고 있지 않으면 자신을 끝까지 지킬 수가 없는 것이다.

상대가 격투기 경험자이고 강하면 강할수록 나도 공격하는 기분을 갖고 임하지 않으면 위험이 증가한다.

"좋아, 때려라! 난 너 이상의 파워와 각오로 끝까지 피해 주겠다!"

상대의 공격이 기세를 더하면 더할수록 나의 긴장감도 올라간
다.

예전에 나가시마 시게오 감독*이 '스피드&차지'라고 하는 팀
콘셉트를 내걸면서, 이렇게 말했다.

"야구에서 가장 중요한 것은 공격하는 기분. 공격할 때는 말
할 것도 없고, 수비할 때에도 공격적인 수비를 하는 것이다."

나가시마 감독 특유의, 다소 난해한 표현이지만, 이 '공격적
수비'라는 개념을 나는 충분히 이해할 수 있다. 수비를 하고
있지만 공격하고 있다. 그런 정신이 없다면 나는 강적의 도전
을 맞아 버텨낼 수 없는 것이다.

현역 프로 격투기 선수와 대치하여 1분 동안 그를 막아 마지
막까지 버틴다는 것은, 극단적으로 말해 상대방은 죽어 있다는
얘기다. 나는 상대의 펀치를 모두 간파할 수 있다. 그것은 만일
내게 반격이 허락된다면 나의 펀치가 틀림없이 상대를 때릴 수
있다는 말이다.

그런 얘기는 인간 샌드백의 허풍에 불과하다고 웃어 버릴지도
모른다. 그러나 시작 공이 울리기 전, 너무나 강해 보이는 사내
가 날카로운 눈빛으로 나를 노려보고 있을 때,

'이 녀석에겐 당할지도 모른다. 죽을지도 몰라.'

*일본의 최고 명문 프로 야구단이라는 요미우리 자이언츠의 명감독.

하는 공포에 휩싸여 도망치고 싶어지는 기분을 상상해 보았으면 한다.

평상시에는 항상 '아무리 강한 녀석이 와도 난 절대로 쓰러지지 않을 자신이 있다'고 우기고 있지만, 그런 자신감을 갖고 있다고 해도 강한 상대를 만나면 어쩔 수 없이 두려운 법이다.

그것을 극복하고 종료 공 소리를 듣고, 1분을 지켜낸 나는 마음속으로 이렇게 외친다.

'내가 이겼다!'

죽음의 공포에서 귀환한 안도감 이상의 성취감이야말로 내가 계속 서 있을 수 있게 만드는 원동력 중 하나인 것이다.

좀 더 말하자면, 일단 시작을 알리는 공이 울려 버린 다음에는 공이 울리기 전의 공포심이 서서히 쾌감으로 변해 간다. 상대의 공격이 기세를 더하면 더할수록 나의 긴장감이 높아지면서 아드레날린이 뿜어져 나오고 복서로서의 흥분 상태에 빠진다. 단순하게 말해, 정말로 기분이 좋은 것이다. 상대의 펀치를 피해 다니는 것이 아니다. 상대의 펀치에 맞을 수 있을 만큼 가까운 거리를 벗어나지 않으면서도 마치 공격하듯 주먹을 피한다. 1분에 걸쳐 이런 쾌감이 있기 때문에 인간 샌드백으로서 있을 수 있었던 것이다.

죽음의 공포를 유사 체험하는 번지 점프의 쾌감과 비슷한 면도 있겠지만, 무엇보다도 이것은 '1억 5,000엔의 빚'이라는 현실에 빠져 있는 나를 잠깐 동안이나마 격투기가 주는 도취감으로 이끌어 주는 1분간인 것이다.

"난 도망치지 않는다. 언제든 가부키초에 서 있다."

그렇게 채권자들에게 선언하면서도 실은 인간 샌드백의 링이라고 하는 나만의 세계로 도망쳐 들어와 있다는 견해가 옳은 것인지도 모르겠다.

인간샌드백의파이트머니

현역 시절, 내 시합에는 항상 응원단의 성원이 따랐다. 그렇다고 해도 무명의 6회전급 선수에게 일반적인 인기가 있을 리는 없고, 모두 친구나 친지로 뭉친 응원단임은 말할 것도 없다.

요컨대, 일하고 관계된 사람을 찾아가 사정하다시피 해서 티켓을 팔았던 것이다. 그 수준의 권투 선수가 받는 파이트머니는 기본적으로 티켓으로 지불된다. 당시 한 장에 2,000엔짜리였던 관전 티켓을 다 팔아야 얼마간의 수입을 얻는 셈이다.

통상, 지급되는 티켓은 파이트머니의 두 배에 상당하는 분량. 파이트머니가 5만 엔인 선수라면 10만 엔 분의 티켓이 나오는데, 그 매상금의 3할 정도를 매니지먼트 비용으로 체육관에 지불하고 그 나머지는 선수의 몫이 된다.

당시에 같은 순위에 있던 다른 선수들의 파이트머니가 4~5만 엔 선이었을 때, 나는 받은 티켓만 가지고도 끈질긴 판매력을 발휘하여 체육관에 주는 수수료를 지불하고도 40만 엔 이상의 현금을 수중에 남겼다. 이것은 파격적인 파이트머니였다. 나의 이러한 동원력의 원천은 순전히 영업력 덕분이었다. 다니던 회사의 사장이나 선배, 동료, 거래처 사람들에게까지 닥치는 대로 티켓 판매를 부탁하며 돌아다녔다.

"사장님, 이 시합에서 파이트머니를 벌지 못하면 저도 큰일 납니다. 한 번 봐주십시오."

"할 수 없군. 그럼 열 장 놔두고 가. 그 대신 무슨 일이 있어도 이겨야 해."

"고맙습니다. 사장님, 은혜를 잊지 않겠습니다."

그렇게 한 장 한 장 팔며 돌아다녔던 것이다. 옛날이나 지금이나 일본 프로 선수들의 파이트머니는 아주 적다. 프로라고 하는 복서 중에 아르바이트를 하지 않아도 먹고 살 수 있는 선수는 극소수에 불과하다. 모두 '돈 때문에만 복싱을 하고 있는 것이 아니다.' 라는 복서가 많기 때문에 성립될 수 있는 이야기라고 하겠는데, 권투 경기는 이루어져도 선수들의 생활은 거의 이루어지지 못하는 것이 현실이다.

그런 가운데에서 시합 때마다 돈을 손에 쥘 수가 있었던 나로서는 피를 토하면서 무모한 감량을 한 보람이 있다면서 응원해 주는 사람들에게 감사할 따름이었다.

그러했던 현역 선수 시절의 파이트머니를 되돌아보면서, 그에 비해 지금 1분당 1,000엔에 인간 샌드백을 하고 있는 나 자신에게 돌아오는 대가는 과연 무엇일까 하고 생각하게 되는 때가 있다.

40만 엔이나 되는 파이트머니를 받으면서도 1라운드 2분 몇 초 만에 깨끗하게 KO를 당했던 적이 나는 몇 번이나 있다. 따지자면 1분 당 10만 엔의 대전료라는 얘기가 된다. 그렇게 생각하면, 지금의 1분당 1,000엔은 너무 낮다고도 할 수 있다.

그러나 복서가 링에 올라가기에 앞서 몇 달 동안에 걸친 하드 트레이닝을 쌓아야만 한다는 것을 고려해 보면 40만 엔도 많다고는 할 수 없겠다. 물론 세계 타이틀 매치에 나갈 만한 선수가 되면 수천만 엔, 그중 헤비급 선수라면 억 단위의 파이트머니를 손에 넣을 수 있다. 그렇게 되기만 하면 트레이닝 기간을 계산에 넣더라도 충분히 남는 계산이 될 것이다.

나 또한 복서랍시고 목숨 걸고 링에 오르는 이상에는, 언젠가 그런 빅 머니를 손에 쥐어 보겠다는 꿈을 품고 있었지만, 현실적으로는 4승 8패로 은퇴. 12전×40만 엔 = 480만 엔을 10년에 걸쳐 손에 넣었을 따름이다. 그래도 그 10년 동안에 다진 기술과 체력 덕분에 지금의 장사를 할 수 있는 셈이니까, 제대로 수지를 맞춰 보려면 인간 샌드백 장사까지 폐업한 다음에 주판알을 튕겨 보아야 한다는 얘기가 되겠다.

5 연 패 , 그 리 고 은 퇴　　　KO패를 당한 데뷔전부터 헤아려 7차전과 8차전에서 비로소 연승을 기록했다가 마지막에는 계속 지기만 해서 4연패. 이

렇게 하여 11차전에 4승 7패로, 진 경기가 훨씬 많다. 게다가 4연패 중 마지막 세 경기는 기분 좋을 정도로 픽픽 쓰러져서 3연속 KO패였다.

슬슬 실력으로 따져보나 나이로 따져보나 한계가 드러나기 시작했다. 체육관 관장님이나 트레이너들도 나에게 마지막 선고를 내릴 기회를 찾기 시작한 모양이었다.

나는 그때까지도 변함없이 '세계에서 가장 강한 놈과 붙고 싶다.'는 목표를 잃지 않고 있었지만, 그래 봤자 이미 나에게는 아내와 아이 둘이 딸린 처지였다. 앞으로 어떻게 살아가야 할지 진지하게 고민하지 않으면 안 되는 시기에 이르렀음을 나 또한 충분히 알고 있었다.

분명히 단념하지 않으면 안 되는 것인지도 모른다. 그러나 스스로 지나온 권투 인생을 돌아보았을 때, 나의 모든 것을 완전히 불살랐다고 잘라 말하기 어려운 것도 사실이었다.

일이나 가족을 우선할 수밖에 없는 경우도 많았기 때문에 복싱에 쏟아 부은 에너지가 심신 모두 부족했다는 아쉬움이 남았다.

좋다, 어차피 은퇴를 맞이해야 한다면 마지막에 모든 것을 복싱에 걸어 보고 싶다. 일이나 가정을 잠시 잊고 머리에서 발끝까지, 아침부터 밤까지 복싱만을 위해 살면서 자신을 시험해 보고 싶다. 그렇게 생각한 나는 아내와 회사의 양해를 얻어 반년 동안 체육관에서 합숙하며 복싱에 전념했다.

체육관에서 자면서 이른 아침부터 연습을 시작, 생활을 위한 최소한의 일을 보러 나갔다가 돌아오면 다시 연습. 권투에 절어 사는 나날로 반년을 보냈다.

그러나 결과는 판정패. 5연패였다.

아내는 그때까지의 모든 시합을 빼놓지 않고 보러 와 주었지만 평소에는 시합이 끝난 다음에도 전혀 권투 얘기를 한 적이 없었다. 그런데 그날만은,

"좋은 시합이었어요. 애썼어요."

라고 딱 한마디를 해 주었다. 아마도 그 시합이 나의 은퇴 경기였음을 알아차렸던 것이리라.

모두 끝났다…….

은퇴를 결심한 내게 관장님은 또다시 분에 넘치는 칭찬을 해 주셨다. 일부러 호텔까지 빌려서 은퇴식을 치러 주었던 것이다. 나의 실적으로는 있을 수 없는 얘기다. 관장님을 비롯한 관계자들의 온정에 감사하면서, 그동안 응원해 주었던 사람들을 모두 모아 호텔 연회장에서 성대하게 치렀다. 관장님은 "수고했네."라며 내게 봉투를 건네셨다. 안에는 13만 엔이 들어 있었다.

큰딸과 둘째 딸은 무대에 올라가 노래를 불러 주었다. 두 아이는 내 시합에 항상 아내와 함께 응원을 하러 와 주었는데, 그 전에도 한 번 링 위에서 노래를 부른 적이 있었다. 권투 만화와 관련된 이벤트가 있어서 시합 전에 아이들이 노래를 불러 이벤

트를 장식해 주었던 것이다.

그러고 보니, 시합에 이겼을 때 어린 둘째 딸을 링 위로 안아 올렸던 적도 있다.

"세계 타이틀 매치도 아니고, 네 번째 시합 정도에 이겼다고 아이를 링 위로 올린 건 너밖에 없어."

트레이너는 그렇게 말했다.

실력에 안 맞게 화려한 것을 좋아하는 성격은 예나 지금이나 다를 바가 없다.

4장 안티 히어로 스토리

인간 샌드백 매스컴 타다
알리의 딸 VS. 인간 샌드백

인간 샌드백 매스컴 타다

취재비 30만 엔 받겠습니다　　신주쿠에서 인간 샌드백을 시작한

지 몇 달 지났을 무렵, 주간지 「프라이데이」의 기자라는 사람
이 영업 중이던 나에게 말을 걸어 왔다.

"어째서 이런 장사를 시작한 겁니까? 얘기를 좀 듣고 싶은데
요."

이런 얼빠진 짓을 하고 있는 사내의 얘기가 뉴스로서 무슨 가
치가 있는지, 나로서는 잘 알 수 없었지만, 그때 빚이라든가 복
싱 등등, 묻는 대로 대답해 주었던 내용이 큰 사진과 함께 잡지
의 지면을 채웠다.

"밤의 가부키초, '인간 샌드백' 번성기"

그렇게 제목 붙은 그 기사는 예상 이상으로 반향이 커서 잡지를 봤다는 손님이 한동안 끊이지 않고 찾아왔다. 나는 매스컴의 영향력이라는 것을 비로소 피부로 느꼈다.

그 이후 마이니치 신문을 비롯한 각종 신문과 NHK를 비롯한 TV, 기타 잡지 등등 많은 사람들이 잇따라 나를 취재하여 저마다의 미디어에 기사를 게재했다.

세상에 더 중대한 뉴스가 많이 있을 텐데, 메이저 언론기관들이 하나 같이 인간 샌드백 따위를 취재하다니, 일본이란 곳은 그렇게 평화로운 나라란 말인가. 그렇지 않으면, 평화로운 일본이 불황으로 인해 위기 상황이 되었기 때문에 빚에 허덕이고 있는 사내를 다뤄 주는 것일까? 어쨌든 나로서는 공짜로 장사광고를 하고 있는 것이나 마찬가지였다. 그래서 나는 취재 의뢰가 오면 장사에 방해가 되지 않는 한 쾌히 승낙했다.

취재하러 와 주는 사람에게 나는 반드시 두 가지 부탁을 한다. 하나는 "취재비는 30만 엔 받겠습니다."라는 것. 또 하나는, "취재에 앞서 한 번, 손님으로서 나를 때려 보십시오."라는 것이다.

첫 번째 부탁은 유감스럽게도 대부분의 경우 받아들여지지 않는다. 현실적으로 그 10분의 1 이하이거나 혹은 무보수라는 케이스도 많다.

"30만 엔이요? 하레루야 씨. 그건 터무니없네요."

그런 말을 듣게 되면,

"전 목숨을 조금씩 잘라서 팔고 있는 겁니다. 터무니없는 게 아니지요."

일단 가격의 근거를 설명하기는 하는데, 받아들여지지는 않는다. 그래서 적어도 손님으로서 실제 체험을 하게 함으로써 말로는 전하기 어려운 인간 샌드백의 세계를 피부로 느끼게 해주어야겠다는 생각을 가지고 있다. 목숨을 조금씩 잘라서 파는 현장을 피부로 체험하지 못한 사람의 보도는 바라지 않는 것이다.

이렇게 여기저기 취재를 몇 번 받다 보니 나는 완전히 취재에 익숙해져 버렸다. '이 사람들은 어떤 그림을 원하는 걸까? 어떤 코멘트를 요구하고 있는 걸까?' 라는 것을 일찌감치 알게 되었다.

원래 나는 연극부에 들어갈 정도의 사람이라서 그런 의도를 파악해 대답하는 데에는 자신이 있었다. 난 원래 아저씨 개그 같은 것이나 좋아하는 낙천적인 사람이지만, '요즘 같은 감원 시대, 극한의 삶을 선택한 사내가 사는 모습' 같은 테마로 취재하러 온 판에 시시껄렁한 농담을 건네 봤자 어차피 편집 당하고 만다는 것도 잘 알고 있었다.

그러니까 어떻게든 인간 샌드백답게 비장감을 고스란히 드러내는 표정을 지어 보이면서,

"이게 제 패자부활전인 겁니다!"

라는 식으로 말하는 것이다.

그렇다고 해서 거짓된 모습을 보이고 있는 것은 결코 아니다. 현실적으로 비장한 삶의 방식을 선택하고 있으니 벼랑 끝 인생임에는 틀림이 없는 것이다.

일전에 텔레비전에서 나를 본 사람이 '힘내세요.'라는 메시지를 덧붙여 방송국을 통해 10만 엔의 현금을 보내 주었다. 익명으로 마음이 담긴 돈을 보내 주었던 그 사람이 혹시 지금도 나에게 관심을 갖고 있어서 이 책을 읽고 있을지 모르겠다. 이 자리를 빌려 한마디 하고 싶다.

"어디의 누구신지는 모르지만, 그때 정말 감사했습니다. 가능하다면 또 보내 주십시오."

이왕이면 이번에는 아랍의 석유왕이 텔레비전이나 신문에서 내 참상을 알고 턱하니 1억 5,000만 엔을 보내 주는 일은 일어나지 않을까 하는 꿈을 꾸고 있지만, 그런 기색은 보이지 않고, 유감스럽게도 돈을 보내온 경우 또한 그때 딱 한 번으로 끝이다. 그 전에도 없었고 그 이후에도 없는 것이다.

"아랍의 석유왕이 가부키초의 인간 샌드백 따윌 알 리가 없잖아."

라고 생각할지도 모르지만, 꼭 그렇다고 단언할 수 없는 것이 매스컴의 무서운 면이다. 나에게 취재하러 왔던 것은 일본 국내의 미디어뿐만이 아니었다. 미국이나 프랑스 방송국의 해외

대 재 벌 도 련 님 에 게 맞 다

특파원들도 있다. 이런 인간을 취재하고 싶다는 호기심 많은 사람들이 있다는 사실이 만국 공통의 기자 정신을 뜻하는 것인지 나로서는 잘 모르겠지만, 하여간 그러한 해외 미디어 덕분에,

"프랑스 텔레비전에서 당신을 본 적이 있어요."

라며 영업 중에 말을 걸어 온 프랑스인도 있다.

또한 멕시코 사람에게서 뜨거운 메시지를 받은 적도 있다. 그 사람의 경우에는 멕시코에서 텔레비전을 본 것은 아니었다. 재일 멕시코 대사의 호위를 맡고 있는 그는 NHK 방송을 통해 나를 알았다고 한다.

"텔레비전을 보고 당신에 대해 알게 되었습니다. 감동했어요. 꼭 만나서 얘기를 하고 싶습니다."

그런 팩스를 받고 신주쿠에서 만났다.

"다음에 꼭 멕시코에 와 주십시오. 당신이라면 반드시 멕시코에서도 장사가 될 겁니다."

그렇게 열심히 권해 준 그가 사실은 멕시코 대재벌 자제였다는 것이 유감스럽지 않은 것은 아니었지만, 그래도 그의 마음은 무엇과도 바꿀 수 없을 정도로 기뻤다.

그리고 한 번은 어설픈 아랍 석유왕보다 많은 재산을 갖고 있는 사람이 나를 때리러 온 적이 있다.

나는 늘 시합이 끝난 뒤에 때리러 와 준 사람들에게 노트를 내밀며 한마디 써 달라고 하고 있다. 그때에 괜찮다면 이름과 주

소도 적어 달라고 하는데, 그 사람이 시합 후에 써 준 이름을 본 나는 아무 생각 없이 이렇게 말을 걸었다.

"어? 철도 회사 사장하고 성이 똑같네요. 혹시 친척이라도 되세요?"

"실은 아들입니다."

"예?!"

나는 무심코 숨을 삼켰다. 그런 대재벌의 자제가 나를 때리러 오리라고는 상상조차 해 보지 않았기 때문에,

"저, 괜찮으시면 제게 1억 5,000만 엔 정도 빌려 주실 수 없겠습니까?"

라고 부탁해 봐야겠다는 생각도 못 했다.

그 사람의 펀치는 여자처럼 박력이 부족해서 유감스럽게도 나를 스치지도 못했지만, 처음부터 그런 사람인 줄 알았더라면, 돈만 빌려 주겠다면 얼마든지 일부러 맞아 주었을 테고, 그래서 다운되어 정신을 잃었더라도 상관없었을 것이다.

하기는, 그가 진짜 그 집안의 자제인지 아닌지 진위는 분명하지 않다. 아마도 그런 이름을 대며 술집 아가씨들에게서 인기를 끌어보려는 녀석이 전국에는 널려 있을 테고, 만일 진짜 그런 사람이라면 이런 데서 이름을 대는 일은 없지 않을까…….

알리의 딸 VS. 인간 샌드백

인간 샌드백을
세 계 챔 피 언 으 로

"인간 샌드백을 세계 챔피언으로 만들자."

그런 꿈같은 얘기가 날아들어 왔다.

어느 날 TBS 텔레비전의 프로듀서가 나를 찾아와 자기 프로그램에 출연해 주지 않겠냐고 물었다. 이전에도 TBS의 「뉴스 23」에서 나를 다루었던 적이 있었기 때문에 또 그런 논픽션 프로그램인 줄 알았는데, 이번에는 「가친코」라고 하는 오락 프로그램에 고정 출연해 주었으면 좋겠다는 얘기였다.

프로그램 중에 '인간 샌드백을 구하자.' 라는 코너를 만들어 프로그램 차원에서 하레루야를 응원하여 인간 샌드백 장사를 좀 더 번창시키자는 기획이었다. 매주 코너 마지막에는 만화영

화인 우주전함 야마토의 '지구 멸망의 날까지 앞으로 ○○일'
하는 식으로, '빚 청산까지 앞으로 ○○○엔' 이라고 시시각각
변해 가는 상황을 전한다. 그리고 언젠가는 인간 샌드백을 한
번 더 링에 복귀시켜서 세계 챔피언으로 만든다.

체육관이나 트레이너와 같은 지원 시스템을 프로그램 측에서
마련하여, 연습하는 것부터 계속 찍어서 강화 합숙을 시킨다거
나 랭킹에 오른 복서와의 시합을 벌인다든지 하면서 세계 챔피
언을 목표로 특별 훈련을 실시한다 - 그런 다큐멘터리 기획을
제안해 왔던 것이다.

"멋지군요. 꼭 시켜 주십시오."

나는 나도 모르게 프로듀서를 끌어안았다. 그리고 이렇게 덧
붙였다.

"단, 한 가지 조건이 있습니다. 전 가부키초의 인간 샌드백이
니까 어디까지나 영업장소는 이 가부키초로 해 주십시오. 장사
하는 장면을 촬영할 거라면 이 거리여야만 합니다."

"알겠습니다."

프로듀서는 조건을 수락해 주었다.

그런데 거기서 일이 틀어졌다. 그렇게 대대적인 촬영을 하려
면 당연히 방송국으로서는 경찰에 촬영 허가를 신청해야만 한
다. 그래서 스태프가 경찰서에 갔더니,

"그런 촬영은 허가해 줄 수 없다."

하고 냉담하게 돌려보내고 말았던 것이다. 그렇지 않아도 경

찰 입장에 봤을 때 나는 '고마 극장 주변에서 어떤 녀석이 시끄럽게 얻어맞는 장사를 벌이고 있다.'고 해서 눈에 거슬리는 존재였다. 이미 몇 번이나 불려가 시말서를 썼고 종종 영업을 중단시키기도 한 내력이 있다.

그런 상황인데, 더군다나 방송국이 나서서 가부키초를 무대로 해 인간 샌드백을 촬영하겠다니, 당국으로서는 환영해 줄 만한 얘기가 아니었다.

그런 사정으로 그 기획은 흐지부지 되었고, 그 이후 오히려 경찰의 단속이 심해지는 후유증만 남고 말았던 것이다.

알리의딸 VS. 인간샌드백

16세에 도쿄에 막 올라왔을 무렵, 나는 언젠가 미국으로 건너가고 싶었다. 고향인 아오모리를 뛰쳐나와 도쿄에서 사업을 일으킨 다음에는 일본을 떠나 미국으로 건너가 성공하고 싶다. 그야말로 시골 사람다운, 너무나도 소박한 꿈이었다. 요즘은 초등학생들이 해외로 수학여행을 가는 것이 드문 일이 아니니 미국을 동경하는 소년 따위는 없을 터이다. 그렇지만 20년 전의 나는 아무 구체적인 비전도 없이 '미국에 가면 뭔가가 있을 거야.' 하는 생각만 가지고 있었다.

"미국에 도착하면 먼저 자전거로 대륙을 횡단하는 거다. 그리고 뭔가 엄청난 일을 해 보일 테다."

그런 말만 하는 내게 친구들은,

"너 바보냐?"

당시부터 그런 말을 들었다.

그랬던 내가, 12년의 세월이 흘러 설마 미국 방송국의 부름을 받을 줄은 꿈에도 생각하지 못했다. 미국의 3대 네트워크로 불리는 방송국 중 하나인 CBS가 나에게 한 제안은,

"모하메드 알리의 딸과 시합을 가져 주었으면 좋겠다."

라는 것이었다. 알리의 딸이 프로 권투 선수로 데뷔했다는 뉴스는 알고 있었지만, 일부러 일본의 인간 샌드백과 시합을 벌이지 않으면 안 될 정도로 여자 복싱 쪽은 시합을 성사시키기 어렵다는 말인가.

아무리 상대가 프로 권투 선수라고 해도 여성에게서 펀치 세례를 받고 싶은 마음은 들지 않았다. 그래도 미국의 링에 올라갈 수 있다는 데에는 굉장한 매력을 느꼈고, 그 알리의 딸이 어떤 복서인지 이 눈으로 확인해 보고 싶다는 마음은 있었다.

그래서 나는 프로듀서에게 이렇게 제안했다.

"난 인간 샌드백이니까 그녀를 때릴 수는 없습니다. 다만, 그녀가 인간 샌드백에게 도전해 주겠다면 기꺼이 미국까지 가겠습니다."

내 마음은 소년처럼 설레었다.

'마침내 미국에 가는 날이 왔다.'

그러나 기획 자체는 서로 합의가 이루어졌지만, 조건 교섭에서 난항을 겪었다. 나와 동행할 매니저의 대우 문제가 잘 처리

되지 않아 교섭이 결렬되고 만 것이다.

"뭐든 하겠습니다. 조건도 일체 그쪽에 맡기겠습니다."

라는 태도로 내가 임한다면 틀림없이 미국의 링에 올라갈 수 있었겠지만, 도저히 그럴 수는 없었다. 동행 매니저라고 해 봤자 늘 무보수로 심판이나 내 짐을 맡아 주었던 사람들을 말하는 것이었는데, 언제나 나에 대한 협력을 아끼지 않는 그들이었기에 제대로 된 모양새를 갖춰 미국에 데리고 가고 싶다고 욕심을 부려서는 안 되는 일이었는지도 모른다.

결국 알리의 딸과의 대전은 꿈으로 끝나고 말았다.

탤런트 VS. 인간 샌드백

방송국이 나를 다루는 경우, 대개는 다큐멘터리 프로그램이다. 가부키초에서 맞고 있는 모습을 촬영하거나 거기에 나와 손님들에게서 인터뷰를 따는 등, 패턴이 거의 정해져 있다.

그런 가운데에서도 후지 TV의 「더 논픽션」이라는 프로그램은 나의 생활을 4개월에 걸쳐 촬영한 것이다. 내 입으로 말하기는 좀 이상하지만, 상당한 역작이었다. 인간 샌드백 장사를 며칠이고 계속 촬영한 것이 아니라, 낮에 공사 현장에서 일하고 있는 모습을 찍기도 하고, 나와 아내가 앞으로의 인생에 대해 복잡한 얘기를 나누는 모습을 찍는 등, 하루나 이틀의 촬영으로는 결코 담아낼 수 없는 내 모습이 거기에는 있었다.

그 촬영이 한창일 때, 어느 가부키초의 야쿠자가 우리에게 따지고 들었다. 취한 탓도 있었는지, 그는 울면서 이렇게 말했다.

"왜 이런 짓을 하는 거냐? 그러다 정말 죽어."

그리고 나를 돕는 사람들을 몰아붙였다.

"너희들, 왜 말리지 않는 거야? 빨리 말리란 말이야."

나는 이렇게 밖에 말할 수 없었다.

"하지만 이렇게 해서라도 빚을 갚아 먹고 사는 수밖에 없습니다……."

"빚이라니, 대체 얼만데?"

그는 금방이라도 "돈이라면 내가 내 줄 테니까 지금 당장 관둬."라고 말할 것 같은 기세였다.

"1억 5,000만 엔입니다."

내 대답을 들은 그는 거기에서 흐느껴 울던 채로 입을 다물고 말았다.

나중에 협력자 중 한 사람이 나에게 이렇게 말했다.

"그때, 거짓말이라도 좋으니까 하레루야 씨가 '100만 엔인데요.' 하고 대답했으면 그 사람이 50만 엔 정도는 내놓지 않았을까?"

그런 일은 없었지만, "그만두게 하란 말야!" 하고 방송국 카메라를 향해 울부짖었던 그의 감성은 너무나 정상적이다. 사람의 몸을 진심으로 걱정해 주는 마음씨 고운 야쿠자였던 것이다.

이러한 다큐멘터리 프로그램 외에도 오락 프로그램의 야외 촬영 팀이 종종 나를 찍으러 왔다. 거리 정보 프로그램 등에서 '흥미 있는 장소'로서 새로운 게임 센터나 색다른 음식점들과 나란히 내 장사를 소개하는 것이다.

한 번은 탤런트인 펀치 사토 씨가 여성 리포터를 데리고 온 적이 있다. 그는 실제로 나를 때리고 갔는데, 나도 모르게 스트레이트 한 방을 맞고 말았다. 전직 야구 선수였던 만큼 체력도 좋아 훌륭한 펀치를 갖고 있었다.

"어때요? 펀치 사토라는 이름만큼 좋은 펀치죠?"

그는 누구나 생각해 낼 법한 아저씨 개그를 날리며 기뻐했지만, 방송에서는 편집되어 나오지 않았다. 그도 탤런트로 살아남으려면 좀 더 개그 공부를 하는 게 좋을 성싶다. 쓸데없는 참견이지만…….

오스미 겐야 씨도 체험 리포터로 등장했다. 마침 이혼 문제로 한창 옥신각신하고 있던 중이어서 동료 리포터가,

"겐야 씨. 여러 가지로 스트레스가 쌓였잖아요. 이럴 때 인간 샌드백을 상대로 발산하시죠."

라고 부추기면서 나에게 도전해 왔지만, 거의 한 방도 맞히지 못하고 돌아갔다.

잡지에서는 격투기 팬으로서 알려진 오쓰키 겐지 씨와 대담을 한 적도 있다. 그는 개인적으로 가부키초를 지나 가다가 우연히 나를 발견하고,

'뭐야? 저 인간은!'

그렇게 충격을 받았다고 한다.

"부디, 제 페이지에 게스트로 나와 주십시오."

그런 상황이 되어 잡지에 대담이 실리게 되었던 것이다. 한바
탕 인간 샌드백에 이르게 된 경위에 대해서 질문하면서 그는,

"왜 당신이 이렇게까지 하지 않으면 안 되는 건지, 나로선 이
해가 안 가는군요."

라며 마지막까지 고개를 갸웃거렸다. 그것 역시 정상적인 감
각이다.

"그래도 빚 때문에 시달리고 있는 사람이 당신을 본다면 틀림
없이 용기를 얻을 것 같네요."

그렇게도 말해 주었다.

그는 그 후에도 개인적으로 가끔 얼굴을 보여 주었는데, 손님
으로서 나를 때린 적은 없다. 평소의 그는 머리도 짧고 화장도
하지 않은 조용한 스타일로, 도무지 펑크 록을 하는 뮤지션처
럼 보이지 않는다. 격투기를 보는 것은 좋아해도 자신이 체험
해 보고 싶다는 생각은 별로 없는 타입인지도 모르겠다.

텔레비전에 나와 달라, 신문이   **중 의 원 에 출 마 하 라**
나 잡지에 나와 달라, 그런 얘기
라면 그 의도도 잘 알겠지만, 한 번은 도무지 의도를 알 수 없
는 어처구니없는 의뢰가 들어왔다.

"하레루야 씨. 당신이 꼭 이번 총선거에 출마해 줬으면 좋겠

습니다."

어느 정당 사람이 오더니 놀랍게도 나에게 중의원 선거에 입후보하라는 것이었다.

"어설픈 농담은 그만두십시오."

"농담하러 일부러 당신을 만나러 올 만큼 한가한 사람이 아닙니다."

"나 같은 사람이 나간들 당선될 리가 없잖아요. 국민은 그렇게 바보가 아닙니다."

"아뇨. 당선되지 않아도 괜찮습니다. 그래도 당신과 당신 지원자들로서는 나갈 만한 가치가 있을 겁니다."

그들 입장에서 보면 내가 몇 번이나 매스컴에 다뤄지는 것을 보았으니 사람을 끌어 모으는 데 이용 가치가 있을 거라고 생각했는지도 모르겠다. 그러나 빚조차 제대로 갚지 못하고 허우적거리고 있는 나로서는 사회를 위해 선거에 나설 상황이 아니었던 것이다.

하물며 일본의 선거는 엄청나게 돈이 많이 들 터이다. 낙선하면 공탁금도 몽땅 날아간다.

"제겐 총선에 쓸 자금 같은 건 한 푼도 없습니다."

"걱정 마십시오. 돈이나 스태프나 모두 저희가 준비하겠습니다."

"그럴 돈이 있으면 내 선거에 쓸 만큼 나에게 꿔 주시지 않겠습니까?"

"……."

선거나 정치에 관련되어 있는 사람들은 나와 전혀 다른 인간처럼 보인다. 나도 어지간히 미쳐 있지만, 그들 또한 다른 의미에서 정상이 아니다.

"하레루야 씨. 당신은 바보인 척하고 있지만, 사실은 사회의 본질을 꿰뚫고 계십니다. 그 힘을 저희들에게 빌려 주십시오."

라며 거품을 무는 모습을 잠자코 보고 있자니,

'이 사람들이야말로 바보 아냐?'

하는 기분도 들었지만, 그 박력과 설득력은 대단했다. 과연, 정치란 말과 허세의 세계이로구나 하고 실감했다.

모처럼의 유혹이기는 했지만 정중히 거절하기로 했다. 지금에 와서 생각인데, 내 돈이 한 푼도 들지 않는다면 경험 삼아 나서 보는 것도 재미있었을지 모르겠다.

나 역시 남들만큼은 정치에 관심이 있다. 될 수 있다면 정치가가 되어 나라를 위해 도움이 되고 싶다. 이 나라를 좀 더 꿈이 있는 곳으로 바꿔 보고 싶다. 만일 내가 지금 당장 국회의원이 된다면, 제일 먼저 실현하고 싶은 정책이 딱 하나 있다. 그렇다! 덕정령(德政令)이다. 어제까지의 빚은 모두 제로로 한다. 전국의 빚으로 고민하고 있던 사람들이 보내는 떠나갈 듯한 갈채 소리가 들려오는 듯하다…….

그러고 보니, 내가 존경하는 선배 복서 중에 총선에 나가 거액의 부채를 짊어지고 만 사람이 있다. 저 유명한 전 세계 챔피언

가쓰 이시마쓰다. 나중에 가쓰 씨를 만난 나는, 이 출마 요청 얘기를 꺼냈다.

"나 같은 사람에게 '선거에 나가라'고 하다니, 그 사람들은 대체 무슨 생각을 하고 있는 걸까요?"

"아니. 자네 같은 인생을 사는 사람이니까 선거에 나갈 의미가 있는 거야. 회사가 망한 사람들이나 빚을 짊어지고 괴로워하는 사람들에게 용기를 주지 않겠어?"

"하지만 전 그럴 상황이 아닙니다."

"하레루야, 너 빚이 얼마 되냐?"

"1억 5,000만 엔입니다."

"난 4억 엔이야."

"우와, 4억 엔이요?"

"걱정 마. 괜찮아, 너도 나도 열심히 일하면 어떻게든 될 거야."

"그래요? 걱정 안 해도 될까요?"

"괜찮아, 괜찮아."

완전히 천하태평한 대화였지만, 가쓰 선배에게 그런 말을 듣자 왠지 조금 용기가 솟았다.

"너의 오른팔은 누구든 쓰러뜨릴 수 있어. 틀림없이 챔피언이 될 거다."

신인 복서였던 내게 그렇게 말해 주었을 때처럼.

5장 가부키초의 표류자들

경시청 vs. 인간 샌드백
심판은 노숙자

경시청 vs. 인간 샌드백

인 간 샌 드 백 체 포　　　　인간 샌드백의 적은 나를 때리는 사람들이 아니다. 나를 때리는 사람들은 부모의 원수를 때려죽이려는 것처럼 엄청난 기세로 나를 때리러 달려든다 하더라도 틀림없이 소중한 손님이지 적은 아니다.

　장사를 시작한 지 2년, 나를 가로막는 적이 있다고 한다면 그것은 경찰이다. 처음 장사를 했던 날, 경찰에 의해 록본기 거리에서 쫓겨난 이후 록본기를 스타트 지점으로 하여 신주쿠, 시부야, 이케부쿠로 등 몇몇 번화가를 전전하다가 가부키초에 골인한 형태로 상주하고 있다. 상주라고는 해도 내 멋대로 눌러 앉은 것일 따름으로, 내 유랑 여행은 아직 끝났다고 할 수 없

다. 그리고 이 여행은 나와 경찰과의 순회 경기 여행이라고도
할 수 있다.

 물론 경찰이 나를 적대시하고 있는 것은 아니다. 직무상 나를
방임해 둘 수는 없으므로 영업을 정지시키거나 쫓아내거나 하
는 것이다. 법률에 기초하여 노상에서 해서는 안 되는 행위를
하고 있는 자를 쫓아내거나 구속하는 것이 그들의 일이기 때문
이다.

 록본기에서 쫓겨난 다음에 내가 출몰했던 것은 신주쿠 역 동
쪽 출구 앞의 광장이었다. 그러나 그곳에서도 장사가 조금 되
나 싶으니까 당연하다는 듯이 경찰관이 달려와,

 "안 돼, 여기서 그런 장사를 하면 안 됩니다."

 하고 중지 명령을 내렸다.

 지금도 그러지만 나는 "그만하라."는 말을 들으면 아주 순순
하게 "예. 알겠습니다." 하고 재빠르게 물러난다. 그리고 다시
다음날, 멀쩡히 나가서 마찬가지로 장사를 벌이는 것이다.

 그런 일이 반복되면 경찰 쪽도 단속의 손길을 늦춘다. 나에게
만 매달려 있을 수가 없는 것이리라. 또한 근무 교대에 의해 다
음날에는 다른 경찰관으로 바뀌는 때도 있어서 장사를 시작하
자마자 "돌아가라."는 말은 듣지 않게 된다. 그러다가 잊을 만
하면 또 장사를 막으러 온다.

 그런데 나도 우직한 인간이라서 매일 장사를 시작하기 전에
반드시 파출소에 제 발로 찾아가,

"오늘도 지금부터 일을 시작하겠습니다."

하고 인사를 한다. 그런 인사를 받은 경찰로서야 곤혹스럽겠지만, 내 딴에는 그것으로 절차를 밟았다고 해석하는 것이다.

그렇지만 그렇게 기정사실로 만들어 눌러 앉겠다고 해 봤자 언제까지나 허용될 리가 없는 일. 얼마 지나면 다시 강제 퇴거의 날이 온다.

나를 쫓아내려고 하는 경찰에게 나는 생각다 못해 이렇게 질문했다.

"그럼, 난 대체 어디서 장사를 하면 좋겠습니까?"

"글쎄. 저 무대에서 하는 건 어때?"

경찰관은 광장 중앙에 있는 무대를 가리켰다. 가끔 이벤트를 하거나 뮤지션들이 음악을 연주하는 무대였다. 평소에는 비어 있는 때가 많아서 분명 안성맞춤인 무대이기는 하다.

"저거 공짜로 빌릴 수 있는 겁니까?"

"10만 엔 정도라고 하더군."

"그럼 적자가 뻔하잖아요. 나로서는 빌릴 수가 없어요."

"그럼 어디 다른 곳을 찾아보게."

나는 할 수 없이 그곳을 떠나 가부키초로 장소를 옮겼다. 그러나 이번에도 가부키초 파출소 경찰관이 막아섰다. 그 무렵에는 지금처럼 광장을 링 삼아 장소를 정해 놓았던 때가 아니라 어쨌든 간에 사람이 많이 다니는 길을 노려 장사를 하고 있었기 때문에 훨씬 경찰의 감시가 심했다.

또다시 여기에서도,

"안 돼. 돌아가."

"예, 알겠습니다."

하고서, 다음날,

"안녕하세요?"

하고 솔직함과 끈기를 양면으로 발휘하고 있었는데, 그러는 사이에 파출소에 불려가 시말서를 쓰기에 이르렀다. 그래도 기죽지 않고 계속 일을 벌이니 다시 불려가서 시말서.

"당신 말이오. 다음엔 시말서로 끝나지 않을 거요."

"체포란 말씀입니까?"

"그렇게 될 것 같아."

나는 하는 수 없이 신주쿠를 뒤로 하고 이케부쿠로 서쪽 출구 공원에서 장사를 시작하기로 했다. 어느 날, 공원 한 모퉁이에서 장사를 하고 있자니 눈초리가 예리하고 머리를 바짝 올려 깎은 중년 남성이 다가왔다.

"당신, 재미있는 짓을 하고 있군 그래."

뭔가 생트집을 잡으려는 모양인가 싶었는데, 그와는 완전 반대로,

"이런 구석에서 조그맣게 하지 말고 좀 더 한가운데로 가서 당당히 하시오."

"하지만 파출소가 가깝고, 여러 가지로 시끄럽게 구는 사람도 있을 것 같아서요."

"괜찮아. 내가 괜찮다고 했으니 괜찮을 거요."

 대체 무슨 권한으로 그런 말을 하는가 싶었는데, '서쪽 출구 공원을 지키는 모임'이라는 자원봉사 단체를 주재하고 있는 사람이라고 했다. 서쪽 출구 공원은 한때 질 나쁜 불량배들의 소굴 같은 상태여서 안심하고 아이가 놀 수 있을 만한 공원이 아니었다. 그때 정화 활동을 벌인 것이 그 모임이었다는 것이다.

 '지키는 모임'의 주재자, 이와타 씨의 보증 덕분에 나는 한동안 활개를 치며 장사를 할 수 있었다. 하지만 그런 평온한 날도 이윽고 종말을 고했다. 이제까지는 실질적으로 묵인해 주는 상태였던 이케부쿠로 경찰이 퇴거 명령을 내리러 왔던 것이다.

"왜 갑자기 안 된다는 겁니까?"

"신주쿠 쪽 경찰은 안 된다고 했는데 우리만 허락해 줄 수가 없잖소."

 아무래도 납득할 수 없는 얘기이기는 했지만, 고분고분 말을 듣는 것이 최고인 법. 나는 이번에는 시부야로 나아가기로 했다. 하치라는 개의 동상이 있는 광장. 그런데 그곳도 파출소의 앞마당 같은 장소였다.

 게다가 시부야는 손님 끌기가 더 안 좋았다. 서둘러 전철을 타러 가는 사람들의 흐름이 강해서 멈춰 서는 사람이 별로 없었다. 설사 여기에 상주가 가능하다고 하더라도 장사 터로서는 가부키초에 도저히 못 미쳤다.

나는 고심 끝에 일주일 동안의 순회 일정을 짜서 가부키초 →
이케부쿠로 → 시부야를 차례로 돌기로 했다. 월, 수는 이케부
쿠로. 화, 토는 시부야. 목, 금, 일은 가부키초. 이런 식으로 번
갈아 장사를 하면 각각의 거리에서 새로운 손님을 잡을 수도
있고, 무엇보다도 경찰의 감시도 피하기 쉬워질지 모른다고 생
각했던 것이다.

그리하여 세 군데를 돌았는데, 돌아보면 돌아볼수록 가부키초
가 인간 샌드백에 가장 적합한 장사터라는 것이 확실해져 갔
다. 그 무렵에는 인간 샌드백이 매스컴에서 다뤄지는 기회도
늘어서 몇 군데의 신문 잡지에서는 내가 출몰하는 순회 일정까
지 소개하기도 했다. 그리고 한때는 가부키초의 파출소 게시판
에 그 기사가 붙어 있었던 모양이다.

"오늘은 인간 샌드백이 오는 날이다."

하고 그 기사를 보고 체크하고 있었다고 한다. 인간 샌드백 때
문에 가부키초에 왔던 사람이 파출소에 물으러 갔더니,

"아아, 오늘은 안 와요. 시부야에 가 있어요."

그런 대화가 오고 갔다는 얘기다. 이는 좋게든 나쁘게든 간에
가부키초의 경찰관들이 서서히 나의 존재를 인지하기 시작했
다는 말이기도 했다. 매스컴의 영향을 받아 내 지명도가 조금
올라갔다고 해서 경찰이 나를 너그럽게 봐줄 리는 전혀 없겠지
만, 슬슬 나의 끈질김이 효과를 발휘해서 가부키초에 인간 샌
드백이 침투하기 시작했다는 실감은 났다.

경찰관도 사람이다. 맨 처음에는 바늘로 찔러도 들어갈 것 같지 않던 사람들이,

"오늘은 곤란해. 내가 없는 날에 해."

"노상에선 안 돼요. 이쪽 광장에서 해요."

등등의 말을 해 주게 되었던 것이다. 그중에는 비번인 날 가부키초에 술을 마시러 왔다가 돌아가는 길에 손님으로서 나를 때리러 와 주는 사람도 나타나게 되었다. 경찰과 인간 샌드백의 관계에서 인간과 인간의 관계가 싹트기 시작했던 것이다.

그렇다고 해도 장사를 해도 좋다는 허락을 받은 것은 아니었고, 허락을 받을 수 있을 리도 없었다. 그래서 가끔 중지 명령이 내려오는 일이 있기는 하지만, 그래도 나는 서서히 가부키초로 중심을 이동하기 시작해 지금의 가부키초 인간 샌드백에 이른 셈이다.

지금도 도쿄도가 거리 정화 작전을 펼치는 강화 기간이라든가 경찰 인사 이동이 있어서 다시 감시가 심해지는 일은 흔히 있다. 그러한 경찰이나 행정의 편의주의를 비판할 자격은 내게 없다. 고분고분함과 끈기, 그리고 인간애를 잃지 않고 장사를 계속해 가는 수밖에 없는 것이다.

야쿠자 VS. 인간 샌드백 인간 샌드백은 사회적으로 인정받고 있는 장사가 아니다. 매스컴 역시 사회적으로 인정되지 않는 일을 멋

대로 벌이고 있는 별난 사내로 다루고 있을 뿐이다. 법적으로 인정받고 있지도 못한 데다가 인간 샌드백 협회라든가 인간 샌드백 조합이 있는 것도 아니다.

그런 내가 가부키초에서 살아갈 수 있는 것은 손님이나 협력자, 동네 사람들, 경찰 등등, 많은 사람들의 테두리 안에서 '있어도 폐가 되지 않는 인간' 이라는 위치를 가까스로 유지하고 있기 때문이다.

가부키초라고 하는 유흥가의 성격상, 그 테두리 안에는 당연히 야쿠자 쪽 사람들도 포함된다. 그리고 그들 입장에서 보면 인간 샌드백은 '멋대로 길거리에서 흥행을 하고 있는 사내' 라는 위치를 갖게 된다. 그러한 조직 폭력단의 세계를 어떻게 평가해야 할지에 대해서는 여러 가지 이야기가 있을 수 있다. 하지만 어쨌든 간에 신주쿠를 관리하고 있는 사람들에게 있어서 '인간 샌드백' 은 자릿세든 뭐든 간에 관례에 따라 대가를 받아내야 할 타입의 장사인 것이다.

"어이, 너 누구한테 허락받고 이런 데서 장사를 하는 거야?"

세련된 의상으로 몸을 감싼 형님이 정해진 세일즈 화법을 나에게 들려 준 것은 가부키초에 온 지 얼마 지나지 않아서의 일이었다.

"돈을 내라는 말입니까?"

"여러 가지 의논을 해 보자는 얘기지."

"죄송합니다만, 돈이라면 없습니다. 돈이 없어서 인간 샌드백을 하고 있는 거니까요.”

“없다고? 너 정말…….”

“정말 없습니다. 대체 얼마를 내면 되는 겁니까? 만일 5만 엔이라면 나를 50분 동안 때리십시오. 6만 엔이라면 60분 때리시고요.”

“때리라고 해도 말이야…….”

그는 반쯤 질렸다는 표정으로 물러갔다.

그러고 나서도 몇 번인가 다른 조직원이 나타나 장사하는 모습을 보러 왔지만,

“미안합니다. 돈은 없습니다.”

그때마다 나의 똑같은 대사를 듣고 돌아갈 뿐이었다.

그로부터 얼마 후, 그들의 보스라는 사람이 젊은 무리들을 데리고 왔다. 과연 관록 있어 보이는 잘생긴 보스였다.

나로서는 아무리 대단한 사람이 왔다고 한들 낼 수 없는 것은 낼 수 없는 것이었다. 맞는 것으로 대신 하는 수밖에 없다는 사실은 누가 오든 마찬가지이다.

그런데 그 보스는 한차례 손님한테 맞고 있는 것을 본 다음에 이렇게 말했다.

“당신이 인간 샌드백인가?”

“예. 소란을 피워 죄송합니다.”

그때 젊은 무리 중 하나가 이렇게 보충 설명을 했다.

“이 자식이 돈이 없다고 끝까지 우겨서…….”

그 말을 들은 보스가 이렇게 말했다.

"멍청한 자식. 얻어맞아서 먹고 사는 인간에게서 돈을 뜯어
낼 수 있겠냐!"

나는 그 한마디에 의해 돈을 내는 일도 없고, 그 대신으로 맞
는 일도 없게 되었던 것이다.

"만만치 않아 보이는 장사지만 열심히 하시오. 무슨 일이 있
으면 언제든지 말하고."

보스는 그렇게 말하고 발길을 돌렸다.

'으음. 멋지군.'

사라지는 보스의 뒷모습을 보면서 그렇게 생각했다.

그 이후 젊은 무리들은 가끔 들러서 손님으로서 나를 때리고,
기분 좋게 팁까지 줘서 중요 단골손님으로서 활약해 주었다.
손님이 적어서 한가할 때에는 내가 그들의 얼굴을 찾아내 말을
걸기도 한다.

"부탁드립니다. 손님이 없어서요."

그렇게 말하면,

"할 수 없군."

하면서 손님이 되어 주는 것이다.

심판은 노숙자

하레루야 단순 머리 부대

"오늘은 진짜 손님이 붙질 않는군. 이러다가 저녁밥도 못 먹겠어……."

인간 샌드백을 시작한 지 얼마 지나지 않았을 무렵, 나는 그렇게 중얼거리면서 심야의 가부키초에 서 있었다.

그러자 한 학생이 말을 걸어 왔다.

"왜 이런 장사를 하고 계세요?"

나는 그가 말을 걸어 오기 전부터 몇 시간이나 물끄러미 나를 보고 있었다는 것을 벌써 눈치 채고 있었다.

나야말로 되물었다.

"자넨 아까부터 거기서 뭘 하는 건가?"

"돈이 없어져서 어떻게 할까 궁리하던 중인데, 별다른 수가 없어서 그냥 구경하고 있었던 거예요."

"지갑이라도 잃어버렸나?"

"아뇨. 술집에 끌려가 바가지를 썼어요."

"바보 같은 녀석이로군."

그는 히로시마 대학의 학생으로, 오늘은 마에다 아키라의 은퇴 시합을 보러 도쿄에 올라온 김에 가부키초까지 놀러 왔다고 한다.

그래서 나는 그에게 제안했다.

"그럼 나를 도와줄래? 손님 모으기 아르바이트를 해 줘."

"예? 진짜요?"

"시간 당 1,000엔 어때?"

어찌할 바를 모르고 있던 상황에서 활로를 발견한 그는 열심히 손님을 끌어 와 주었다. 뿐만 아니라 대단한 격투기 팬이어서, 그 장점을 살려 심판을 맡아 주기도 하고 내 장사 도구 관리까지 해 주는 등, 인간 샌드백의 매니저로서 대활약을 했다. 그때까지 나는 늘 혼자 장사를 하고 있었기 때문에 매니저가 있으면 이렇게 장사가 원활해지는구나 하고 감동할 정도였다. 그쪽도 궁여지책으로 얻은 아르바이트치고는 나쁘지 않은 벌이였는 데다가, 의외로 인간 샌드백 매니저 일이 즐거웠던 모양으로 다음날도 또 그 다음날도 맡아 주었다.

그리고 그가 히로시마로 돌아간 다음에도 사람들이 교대로 매니저 역을 맡아 주게 되었다. 기쁘고도 든든한 일이었다. 그런데 한 가지 문제가 있었다.

그 인건비를 주면 적자가 나는 것이다. 열심히 맞아 돈을 벌어봤자 아르바이트비를 주고 나면 내 수중에는 돈이 거의 남지 않는 날도 있었다.

게다가 어찌된 일인지 시간이 지남에 따라 도와주는 사람들이 점점 늘어났다. 내가 아르바이트비를 주는 것은 단 한 사람이지만, 그렇다고 해서 다른 사람들을 그냥 쫓아 보낼 수도 없어서 장사가 끝나 식사라도 하러 가게 되면 적자가 나고 말았다.

"이대로 가다간 인간 샌드백까지 말아먹겠다……."

나는 매니저를 그만 쓰기로 했다. 역시 단독 인간 샌드백으로 돌아가야 했던 것이다.

그런데도 그들은 그냥 나를 도와주었다. 교대를 해 가면서 무보수 매니저 역을 맡아 주었던 것이다. 눈물이 나올 정도로 고마운 일이었다.

그런 식으로 나를 도와주는 멤버가 지금 20명 이상이나 된다. 이상하게도 그렇게 모인 사람들은 나와 비슷하게 단순한 머리에 몸으로 때우면서 사는 인간들이어서 나는 그들을 '하레루야 단순 머리 부대' 라 부르고 있다.

그러나 저마다 찾아와 나를 도와주는 사람들을 데리고 밥이라도 먹으러 가게 되면 역시 적자로 되돌아가 버리기 때문에 그런 일도 스톱. 그리하여 그나마 내가 위안을 삼는 것은 국수집

밖에 없다.

고마 극장 앞에 있는 국수집인 '고마 소바' 가 내 단골 식당이다. 서서 먹어야 하는 이 싸구려 국수집은 내가 로커 대신으로 이용하는 장소이기도 하다. 국수집 아저씨가 호의를 베풀어 매일 글러브나 헤드기어 같은 장사 도구 일체를 맡아 주고 있는 것이다. 매일 밤 반드시 그곳에서 저녁을 먹는 것은 소정의 로커 비용 대신인 셈이다.

그런데 단순 머리 부대에 속한 사람 중에 성인 전화방에서 점원으로 일하는 O군이라는 청년이 있다. 직장이 가부키초에 있기도 해서 처음에는 그냥 단골손님 중 한 사람이었다.

너무나 성실한 그 친구는 전화방 사장의 눈에도 들 정도로 부지런히 일하고 있었지만 사실은,

"이런 일은 빨리 그만두고 싶어요. 향락산업에서 발을 씻고 제대로 된 일을 하고 싶습니다."

그렇게 늘 투덜대고 있었다.

그 후 일자리를 바꾸어 파친코점에서 일하게 된 그는 손님으로 드나들던 여성과 사귀게 되었고, 이윽고 그녀가 임신을 했다. 책임감이 강한 그는 곧바로 그녀와 결혼을 했는데, 거기에서 불행한 사건이 일어났다. 산부인과에서 진찰을 받다가 그녀가 자궁암이라는 사실을 알게 되었던 것이다. O군은 너무나도 갑작스런 일에 크게 충격을 받아 울면서 내게 의논을 하러 왔다.

O군은 이제 파친코점을 그만두고 한때는 내 전기 공사 일을

돕다가 지금은 물장사 쪽에서 일하고 있다.

 그가 나 같은 인간에게 의지하러 오는 이유는, 두 사람 모두 몸으로 때우면서 사는 전형적인 바보 인간이기 때문일 것이다. 그 또한 한때는 복서였고, 만성 돈결핍병에 시달리고 있다.

 "나하고 하레루야 씨는 정말 닮았어요."

 "왕바보끼리 머리를 맞대 봐야 별 수가 없으니 앞으로는 나한테 오지 마."

 늘 그런 농담을 주고받으며 서로의 상처를 어루만져 주었다.

 그런데 이번만큼은 농담으로 끝날 일이 아니었다.

 "난 대체 어쩌면 좋을까요?"

 어떻게 하는 것이 좋겠느냐고 물은들, 나로서는 아무것도 해 줄 일이 없었다. 뱃속의 아기는 어떻게 되는 건지, 산모는 어떻게 되는 건지, 의사에게 적절한 검사와 진단을 받고 그에 따라서 산모와 아기 모두가 무사할 수 있는 최선의 길을 골라야 할 터이다. 만약 그럴 수가 없다면 그 가운데에서 괴로운 선택을 하지 않으면 안 될 가능성도 있었다.

 어쨌든, 현재로서 O군이 해야 할 일은 아내를 간병하면서 끊임없이 격려하고 자신도 힘을 내 버티는 일밖에 없다. 그리고 그런 그에게 내가 해 줄 수 있는 것이라면, 조금이라도 치료비에 보탬이 될 수 있도록 자금적 지원을 준비해 두는 정도밖에 없었다.

 당신에게 남을 도울 수 있을 여유 따위가 어디에 있느냐고 말한다면, 맞는 말이다. 하지만 나로서는 사정을 알고도 그를 내팽개쳐 두는 삶은 도저히 살아갈 수가 없다. 아무리 밑바닥 생활을 하고 있다지만, 내게는 이렇게 생명이 있다. 생명의 위기에 빠져 괴로워하고 있는 친구에게 아무것도 해 줄 수 없는 것이라면, 그런 목숨은 살아 있을 가치도 없다. 나는 그렇게 생각한다.

심판은 노숙자

가부키초에 뿌리를 내리게 된 다음이라고 해야 할까, 고마 극장 주변을 본거지로 삼고 있는 노숙자들과 매일 얼굴을 마주하다 보니 서로 친숙한 사이가 되었다.

처음에는 '시끄러운 인간이 왔군.' 하는 눈길로 나를 보던 그들도 어느 사이엔가 열성 관객 중 하나가 되어 갔다. 그로부터 그들 중 한 사람이 가끔 심판을 맡아 도와주기도 해서 나는 답례로 싸구려 국수를 대접하기도 하고, 아주 적지만 아르바이트비를 건네주기도 한다.

그런데 그런 소문이 가부키초 전체의 노숙자들에게 퍼진 모양이다.

"인간 샌드백한테 가면 밥을 얻어먹을 수 있다더라."

라는 식으로 줄줄이 노숙자들이 와서 말을 하게 되었다.

"나도 뭔가 돕게 해 주시오."

그렇지만 얻어맞는 장사에 그렇게 많은 일손은 필요하지 않다. 그래도 내가 낮에 일하는 공사 현장 쪽이라면 일손이 필요한 작업도 있었다. 난 건설 공사나 도로 공사 등의 현장에 그들 중 몇 사람을 데리고 가 보기로 했다.

그러나 유감스럽게도 그런 시도는 실패였다. 기본적으로 그들은 전혀 도움이 되지 않았다. 이내 게으름이나 피우려 들고, 나약한 소리를 하면서 일을 내던지고 도망쳤다. 일에 대한 책임감이나 의욕이 슬플 정도로 없었다. 가만히 생각해 보면 그도 그럴 것 같다. 그런 일들로부터 모두 도망쳐 버렸기 때문에, 그 결과로 사회에서 탈락하고 만 것이 그들이다. 책임감이나 의욕을 지녔을 정도였다면 이런 자리에 있지도 않았을 것이다.

밥값이라도 조금 벌게 해 주고 싶다. 어쩌면 그 사람이 다시 일어설 계기가 될지도 모른다. 그런 기대를 했던 것인데, 그들에게 있어서는 쓸데없는 참견에 지나지 않았던 모양이다.

실은 하레루야 단순 머리 부대 가운데에도 몇 명의 노숙자가 있다. 그들의 나이는 아직 30대 전후. 나이도 젊으니 뭔가 괜찮은 일만 찾을 수 있다면 곧 지붕이 있는 거처로 복귀할 수 있을 터이다. 그들은 인간 샌드백의 심판 일뿐만 아니라 내가 공사 일을 나갈 때에는 정력적으로 일을 찾기도 하고 스스로 아르바이트를 찾아 일하러 나가기도 한다.

그런 사람들 중 하나로 키 190센티의 거구, 사장 노숙자인 T군이 있다. 그는 한때 직접 전기 공사 회사를 경영하기도 했지만 사업에 실패하여 지금은 파친코로 생활을 하고 있었다. 한

때는 파친코로 3,000만 엔이나 저축을 했다고 하니 프로 중의 프로가 아닐까 싶다. 본인은 그 돈을 결혼자금으로 쓸 생각이 었던 모양이지만, 그런 생활을 하는 그와 약혼자 사이에 틈이 생겨 결국 파혼하고 말았다고 한다. 그 후 다카다노바바의 공원에서 노숙 생활을 하게 되었을 무렵에 나와 우연히 만났다.

현재, 그는 밤에는 인간 샌드백의 매니저를 하고 낮에는 내 전기 공사 일을 돕고 있다. 나와 같이 살기 시작함으로써 일단 노숙자 생활에서는 은퇴했다.

단순 머리 부대 멤버는 모두 어딘가 비슷한 자들의 집단이어서 크든 작든 모두 마음에 상처를 갖고 있다. 그들은 가부키초에 와서 나의 멍청한 삶의 방법을 보고서 안심하고, 나아가 끼리끼리 모인 그곳 사람들을 보고 안심하고 있는 것인지도 모르겠다.

'아, 여기에도 나와 비슷한 녀석이 있구나. 세상을 요령껏 살지 못하는 인간이 나 말고도 또 있구나. 외로운 건 나뿐만이 아닌 거다.'

그렇게 생각할 수 있는 것만으로도 고독한 자신을 궁지에 몰아넣는 일 없이, 아주 약간의 용기를 서로 주고받으며 살아갈 수 있는 것이다.

구 세 주 가 왔 다

비슷한 인간들끼리 모이는 내 주위이기는 하지만 때로는 의지가 되는 사람도 나타난다. 내가 아르바이트를 하러 나갔던 공사판에서 알게 된 N씨도 그중 한 사람이다. 나의 인간 샌드백 장사 얘기를 알고 나서는 먼 곳에 살고 있으면서도 짬을 내어 심판을 맡아 주러 가부키초로 발길을 향해 주었다.

내가 이것저것 계산을 치르고 보니 수중의 돈이 바닥이 난 것을 보게 되면 식사를 사 주기도 하고 때로는 돈까지 빌려 주었다. 더 고마운 것은 나의 본업인 전기 공사 일을 소개해 주거나 내 회사의 재건을 위해 물심양면으로 힘을 빌려 주는 일이다.

N씨의 경우는 공사 현장에서 알게 된 사람이지만, 나를 때리러 온 손님 중에서도 회사 재건에 힘을 빌려 주는 사람이 나타났다.

시합을 마친 후 나눈 대화에서 내 본업을 알게 된 그 사람은 이렇게 말했다.

"그래요? 그렇게 힘들면 우리 회사에 일하러 와요."

그는 건설 회사의 사장이었던 것이다.

처음에는 아르바이트로 일하며 일당을 받았는데, 몇 번 그렇게 하는 동안에 사장이 말을 꺼냈던 것이다.

"슬슬 우리 회사에서 당신 회사로 일감을 내려 보내도록 하겠소. 큰 전기 공사 일을 팍팍 내릴 테니까 단단히 준비해 둬요."

"고맙습니다……."

하지만 그런 준비에 쓸 자금이 있을 정도라면 내가 이렇게 힘들겠습니까……, 하고 차마 말할 수가 없어서 고개를 숙이자 사장은 이렇게 말했다.

"괜찮아요. 자금도 협력해 줄게요. 어쨌든 나도 당신 사는 모습을 보고 용기를 얻었어요. 그토록 노력하는 당신에게 힘이 되어 주고 싶은 거요. 같이 열심히 해 봅시다."

"고맙습니다."

"당장 여러 가지로 돈이 필요할 테니까 이거 받아 둬요."

그렇게 말하며 60만 엔의 현금을 척 건네주었다.

나는 눈물이 흘러넘쳤다.

'됐다. 마침내 구세주가 나타났어. 이런 만남이 있다니, 가부키초에서 인간 샌드백을 하길 잘했다…….'

그러나 그것도 임시 구세주였다. 예전에는 그 회사도 양질의 공사를 많이 하던 우량기업이었지만 현재의 실상은 일본의 거품 경기가 꺼진 데 따른 영향으로 자금 흐름에 어려움을 겪고 있었던 모양이다.

몇 달 동안 그 회사 산하에 우리 회사가 들어가는 형태로 일을 했는데, 결국 임금 미지급으로 이어졌다. 그 60만 엔을 계약금이라고 계산을 해도, 그 몇 배나 되는 노동력을 동원한 끝에 적자로 끝나고 말았던 것이다. 이거야 인간 샌드백을 시작하기 전의 우리 회사 패턴과 똑같지 않은가…….

"자, 마음을 다잡고 힘을 냅시다. 또 가부키초에서 새로운 만

남이 있을지도 몰라요."

 그렇게 말하며 나를 격려해 준 것은 함께 그 일에 온 힘을 쏟아 주었던 단순 머리 부대의 O군이었다. 나 때문에 돈 한 푼 못 받고 일해 준 꼴이 되었는데도 푸념을 하기는커녕 오히려 나를 격려해 주다니…….

 나는 O군의 웃는 얼굴을 보고, 다음날부터 다시 인간 샌드백에 힘을 쏟겠다고 결심을 굳혔던 것이다.

인 간 샌 드 백 을 쓰 러 뜨 리 는 방 법

"제기랄! 왜 전혀 맞질 않는 거야? 하레루야 씨. 다시 한 번 도전하게 해 줘요."

"그건 괜찮습니다만, 오늘은 이걸로 벌써 다섯 번쨌데요."

"몇 번이든 내 펀치가 맞을 때까지 그만두지 못하겠소."

 그렇게 말하며 나에게 질리지 않고 도전을 되풀이하고 있는 사람이 S씨다. S씨는 지금까지 몇십 번이나 내게 도전해 준 단골손님 중의 단골손님이다.

 그는 음식점 경영자로 신주쿠의 중화요리점을 비롯한 몇 개의 레스토랑을 내고 있었는데, 경영이 잘 안 되어 몇 년 전에 모든 가게를 처분해 버렸다. 그 뒤에는 경비원 같은 아르바이트를 하면서 재기를 꾀하고 있다.

 "돈을 모아서 언젠가 반드시 다시 가게를 내 승부를 내고 싶어요."

일단 장사를 경험한 사람은 S씨처럼 생각하는 사람이 많다. 다른 사람이 보면,

'재능이 없어서 실패한 건데 또 똑같은 일을 하면 마찬가지로 실패하는 거지.'

라고 생각할지도 모르지만, 그래도 그런 해결 방법밖에 생각해 낼 수 없는 것이다.

사업의 패자 부활전에 도전하는 S씨인데, 그의 펀치는 아무래도 나를 때리지 못했다. 어떻게든 펀치를 먹이고 싶다, 어떻게든 하레루야를 쓰러뜨리고 싶다는 일념으로 그는 마침내 복싱 체육관에까지 다니기 시작했다. 그에게 있어서 체육관에서 연습을 해 하레루야에게 도전한다는 것은 나름대로 진지한 목적이었다.

언제부터인가는 자기 맘대로 회수권까지 만들어서 선불로 만엔을 내고는 11회 분의 권리를 확보한다는 깍쟁이 같은 방법을 쓰기 시작했다. 물론 그것은 나로서도 고마운 얘기로서, 최대의 단골에게 10% 할인을 해 주는 것 정도는 당연한 서비스라고 생각한다.

그렇게 노력하는 사람이니 단골손님에 대한 서비스로서 '이렇게 하면 나를 쓰러뜨릴 수 있다.' 는 어드바이스를 조금은 해 주어야 마땅하리라.

당연하다면 당연하겠지만, 나는 '쓰러지지 않는 인간 샌드백, 하레루야 아키라.' 를 쓰러뜨리는 방법을 알고 있다.

내가 피하는 방향으로 펀치를 날릴 준비를 했다가 피한 다음에 기다렸다는 듯이 치면 된다. 내 쪽에서는 피한 뒤에는 상대의 펀치가 잘 보이지 않는다. 더구나 내가 피하는 패턴에는 몇 가지의 법칙이 있다. 그 전부를 간파하는 것은 어려워도 둘 셋 정도는 잘 보면 알 수 있을 것이다.

만일 손님이 페인트 모션*을 쓴다고 해도 원, 투, 쓰리, 정도의 페인트 모션에는 걸리지 않지만, 원, 투, 쓰리, 포, 파이브 이상의 콤비네이션으로 치면서 그 가운데 페인트 모션을 끼워 넣으면 맞을 확률이 상당히 높아진다……. 우쭐해져서 내가 내 목을 조르는 식의 이야기는 이쯤에서 그만두기로 하자.

나는 내 패턴을 몇 개 S씨에게 가르쳐 주었다. 그러자 과연 그도 나를 때릴 수 있게 되었다. 체육관을 다닌 성과도 있어서 흐늘흐늘하던 펀치에도 예리함이 생겼다. 완전히 만만치 않은 손님이 되어 버린 S씨의 펀치를 맞고 뜨끔한 심정이 된 것은 이제 내 쪽이다. 서비스가 너무 지나치지 않았냐는 말을 듣기도 했는데, 정말 맞는 말이다. 마술사가 트릭을 드러내 보인 것이나 마찬가지였다.

어느 신문사에서 취재하러 왔을 때, 손님으로서의 코멘트를 부탁 받자 S씨가 이렇게 대답했다.

"하레루야 씨에게서 힘을 얻었습니다."

*상대를 속이기 위한 견제 동작.

그것을 본 나는 펀치를 먹어 준 보람이 있구나 하고 기쁨을 느낄 수 있었다.

"하레루야 씨. 만 엔이라 도 좋으니까 좀 갚아 줘 요. 부탁합니다."

빚 쟁 이 VS . 인 간 샌 드 백

수화기 저편에서 사채 회사의 Y씨가 절박한 목소리를 냈다.

내 회사가 말기적 증상에 빠졌을 무렵, 사원들에게 월급을 주기 위해 여러 사채 회사에 줄줄이 융자를 얻어 썼던 것이다.

"죄송합니다. 한 푼도 없어요. 이번 달에는 아직 그쪽까지 신경 쓸 형편이 못 되었거든요. 틀림없이 어떻게든 해 볼 테니까 조금만 더 기다려 주십시오."

"기다리라니, 대체 언제까지 기다리면 되는 겁니까? 하레루야 씨 담당이 되고 난 뒤로 계속 상사에게 야단만 맞고 있단 말입니다."

Y씨는 금방이라도 울 것 같은 목소리로 그렇게 말했다. 걸어 다니는 불량채권이라고 할 수 있는 나를 담당하게 되다니, Y 씨도 어지간히 운 나쁜 사람이다.

"빌려 준 쪽이 빌린 사람한테 울며 매달리다니, 어떻게 돌아 가는 건지 알 수 없는 세상이네요. 우하하."

"웃을 일이 아닙니다. 저는 이제 더 못 기다리겠습니다. 이번 달 분은 어떻게든 받아 내고야 말겠습니다."

Y씨가 빚쟁이답게 세게 나왔다.

"알겠습니다. 그럼 오늘 밤 가부키초로 와 주십시오. 수중의
돈을 전부 드릴게요."

그날 밤, Y씨는 가방을 들고 고마 극장 앞으로 왔다.

"자, 돈 주세요."

"죄송합니다. 없는데요."

"무슨 소릴 하는 겁니까? 오라고 해서 여기까지 온 거 아닙니
까?"

안색이 변해 화를 내기 시작한 Y씨에게 나는 이렇게 말했다.

"아니, 지금부터 손님한테 맞아서 그 매상을 전부 Y씨한테 드
리겠다는 말입니다."

"무슨 말도 안 되는 소릴……."

어이없어 하는 Y씨를 거들떠보지도 않고 나는 그로부터 1시
간 정도 장사를 벌여 9,000엔을 벌었다. 그러는 동안 Y씨는
자리를 뜨지 않고 잠자코 나를 지켜보고 있었다.

"Y씨. 여기 9,000엔 있습니다. 그런데 마침 손님이 끊겨 버렸
네요. 그래서 말인데요, 날 때려 주지 않겠습니까? 그러면 딱
만 엔이 되거든요."

"네? 그런 거, 나 못해요."

그렇게 거절하는 Y씨에게 억지로 글러브를 끼워 끌어냈다.

Y씨는 "시작!" 하는 소리를 듣더니,

"뭐가 어떻게 되는 건지 모르겠지만, 어쨌든 갑니다!"

그렇게 외치더니 돌격해 왔다. 마른 몸을 힘껏 사용해 펀치를 뻗었다.

'뭐야, 그다지 싫어하는 것도 아니었잖아.'

나는 그렇게 생각하면서 Y씨의 펀치를 피했다.

그리고 종료 후 1,000엔짜리 열 장을 채워서 Y씨에게 건넸다. 그중 한 장은 말할 것도 없이 Y씨가 낸 돈이었다.

"기다리게 해서 죄송합니다. 오늘은 일단 이걸로 봐 주십시오."

"만 엔 받았습니다."

Y씨는 그렇게 말하고 영수증을 끊더니,

"뭔가, 내가 손해 보는 것 같은 기분이 드는걸."

그렇게 말하고 고개를 갸웃거리면서 돌아갔다.

Y씨처럼 끈질기게 달라붙는 사람이 있는가 하면, 한편에는 내가 걱정이 될 정도로 욕심 없는 사채 회사도 있다.

어느 날, 한 회사의 담당자에게서 이런 전화가 걸려 왔다.

"하레루야 씨. 어떻게든 앞으로 5만 엔만 더 갚으시면 나머지는 이쪽에서 어떻게든 처리해 둘 테니까, 월말까지 5만 엔만 갚아 주지 않겠습니까?"

"네? 어떻게든 처리해 두다니? 나머지는 갚지 않아도 된다는 말씀입니까?"

"그렇습니다."

그 회사의 차입금 잔고는 아직 50만 엔 가까이 될 터였다.

"정말 그래도 되는 겁니까?"

"됩니다. 정말이에요."

아무래도 내 빚은 불량 채권으로 취급되어 손실금으로 처리해 버리겠다는 얘기인 모양이었다.

"하지만 지금 당장에는 5,000엔밖에 없는걸요. 이제 곧 월말 이니까 2만 엔이 한계인데……."

"알겠습니다. 그럼 2만 엔으로 합시다."

그 회사에 진 빚은 그것으로 정말 채무가 소멸되었다.

이 같은 방법으로 부채가 없어져 버린 회사가 또 하나 있다.

담당자는 창구에서 나에게 이렇게 말했던 것이다.

"우리한테는 더 이상 갚지 않아도 됩니다. 하레루야 씨, 그래 도 아직 다른 빚이 많이 남았죠? 얼마 전에 텔레비전에서 봤습 니다."

"부끄러울 따름입니다."

"인간 샌드백, 열심히 하세요."

다른 회사에도 내가 인간 샌드백을 하고 있다는 것을 아는 사 람들이 있어서,

"하레루야 씨. 열심히 하세요."

저마다 그렇게 말해 주기는 하지만, 혹시 빚을 청산해 준 사람 들은 이렇게 생각하고 있었던 것이 아닐까?

'인간 샌드백이라니, 이런 정신 나간 인간한테서 돈을 받아 내는 건 무리겠어.'

범죄로 치자면, '정신감정 결과, 책임질 능력이 없다.' 는 것과 마찬가지 처리 방법일지도 모른다.

어느 쪽이든 간에, 죽어도 나는 '땡 잡았군! 잘 떼어먹었다.' 라는 식으로 생각하지는 않는다. 그저 감사와 사과를 할 따름이다.

내가 개인 파산을 신청하지 않고 매일 인간 샌드백을 하고 있는 것은, 어디까지나 전액 변제를 목표로 하고 있기 때문이다. 다행히 현재로서는 불법 고리대금업자의 돈까지 빌린 바는 없어서 금융회사를 상대하는 것이 두렵지는 않다. 그러나 사방에 걸려 있는 빚 중에 언제 어느 것이 위험한 쪽으로 돌아가 무서운 형님에게 납치되는 날이 올지도 모른다. 그리고 500만 엔 이상이나 체납된 세금을 생각하면 당장 탈세로 당국에 끌려가도 이상할 것이 없는 형편이다.

'언젠가 반드시 갚겠습니다.'

그런 마음과 의욕만으로는 통하지 않는 단계, 그런 상황까지 와 있는 것인지도 모른다. 그렇다고 해도 지금의 내가 할 수 있는 것은 맞서서 살아가는 일 이외에는 없다.

에필로그 – 인간 샌드백이 되받아칠 때

인간 샌드백의 마누라

아내와 처음 만난 것은 내가 막 프로 복서가 되었을 무렵이다. 당시, 나는 생활비를 벌기 위해 아사가야의 작은 팬시점에서 월급쟁이 점장을 맡고 있었고, 아내는 그 가게의 단골손님 중 한 사람이었다.

가게의 매상은 좋았는데, 상품을 잘 갖춰 놓은 때문은 아니었다. 가게 안 상품 하나하나에 고유의 스토리를 만들어 붙이고, 그것을 무슨 옛날이야기를 전하는 사람인 양 손님들에게 말을 붙이는 나만의 영업 스타일이 은근한 인기를 부르고 있었던 것이다.

"이건 말이죠. 행복해질 수 있는 찻잔이에요."

"이건 멋진 왕자님이 나타나게 해 달라는 기도를 담은 펜던트

죠.”

 그런 식으로 여자들이 좋아할 만한 이야기를 만들어 내서 매상을 올려 갔던 것이다. 사기를 치는 것이 아니라, 그래 뵈도 나는 상당한 로맨티스트였다.

 내 스토리가 마음에 들었기 때문은 아니겠지만, 그녀는 가게에 몇 번 들러 얼굴을 보였고 언제부터인가 친숙하게 말을 나누게 되어 갔다.

 그러던 어느 날, 그녀가 내가 다니던 복싱 체육관에 견학을 하러 왔다. 늘 “챔피언인 가쓰 씨를 능가할 수 있다.”, “세계 챔피언이 되겠다.”라고 큰소리치는 내가 맥없이 쓰러지는 꼴을 보고는,

“만날 센 척을 하더니…….”

 그리고 동갑인 우리는 18세가 된 해의 가을, 함께 살기 시작했다. 우리에게는 세 명의 아이들이 있다. 현재 큰딸은 고등학생, 둘째 딸은 중학생, 아들은 초등학생이다.

 나는 지금 처자식을 요코하마에 남겨 두고, 혼자 떨어져 도쿄에 살고 있다. 가족의 얼굴을 보러 집에 돌아가는 것은 한 달에 한 번 있을까 말까이다. 가족에게 있어서 나는 도무지 도움이 안 되는 사람이고, 항상 자기 좋을 대로만 행동해서 폐만 끼치는 엉터리 아버지이다.

 오랜만에 내가 집에 얼굴을 보이자, 아내는 이렇게 말하며 맞이했다.

"어머, 제일 속 썩이는 애가 돌아왔네."

나는 세 명의 아이들보다도 더 의지가 안 되는 것이다.

간식 시간이 되면 나와 아이들은 푸딩 쟁탈전을 시작한다. 나는 아버지라는 사실 따위는 완전히 잊고 아이와 똑같은 수준에서 싸움을 벌인다. 그러다가 결국에는,

"이 바보 녀석들아! 내가 목숨을 걸고 인간 샌드백을 해서 돈을 벌어 줬으니까 푸딩을 먹을 수 있는 거잖아."

라는, 어른답지 않은 말이 자칫 입 밖으로 튀어나올 뻔한 때도 있다. 그러나 그런 말은 입이 찢어져도 할 수 없다. 왜냐하면 아이들이나 아내나, 누구 한 사람 내가 인간 샌드백 하는 것을 원하지 않기 때문이다.

지금 내가 얻어맞는 장사를 하고 있는 것은 분명 가족을 지키기 위함이다. 그런데 맞아도 맞아도, 그렇게 해서 손에 쥔 돈의 대부분은 빚 갚는 데 사라져 버린다. 게다가 가족들은 아버지의 빚이라는 과거의 부채 때문에 부자유스러울 뿐만 아니라, 인간 샌드백이라고 하는 아버지의 현재 모습 때문에 더욱 큰 고통을 짊어진 채 살아가고 있다.

대체 어느 세상에,

"아버지. 오늘도 열심히 맞고 오세요."

라고 웃으며 아버지를 배웅하는 가족이 있으랴.

"아버지. 소원이니까 그런 위험한 일은 하지 마세요."

그렇게 필사적으로 말리지 않는 가족이 어디 있다면 내가 한

번 만나 뵙고 싶을 정도다.

'인간 샌드백 같은 거 빨리 그만뒀으면 좋겠다.'

가족들은 모두 그렇게 생각하고 있다.

큰딸은 내가 인간 샌드백을 시작한 것을 알았을 때,

"아빠, 바보 아녜요?"

하고 깔보는 듯한 눈길로 말했다.

그러나 가족들은 그만두라고 해 봤자 내가 귀 기울이지 않으리라는 것을 잘 알고 있다. 그래서 "그만두었으면 좋겠다."라는 말을 듣고서도 그 일을 계속하는 것을 본 다음에는 아무 말도 하지 않고 있다. 묵묵히 참아 주는 가족의 심정을 생각하면 내 마음은 더욱 괴롭다…….

나는 스스로 인간 샌드백이라는 길을 선택해 살고 있다. 다른 사람이 보기에는 밑바닥 인생일지도 모르지만, 나 자신은 긍지를 갖고 살아가려고 한다. 그러나 "아버지가 인간 샌드백이라는 사실에 긍지를 가져라."라고 아이들에게 말할 수는 없다.

"어이, 아빠가 인간 샌드백이라며?"

하고 아이들이 왕따 당하는 것만은 피하고 싶다. 아버지의 빚과 몸에 대해서 걱정시키는 것도 모자라, 아버지의 직업 탓에 아이들이 주눅 들게 만드는 일은 어떻게든 피해야만 하는 것이다.

나는 텔레비전이든 신문이든, 그리고 경찰이든 간에 부르면 어디든지 가지만 그런 내 모습을 누군가가 보고서,

"어, 걔네 아버지가 그런 일을 한대."

라는 얘기를 듣게 되어서는 안 된다는 생각을 늘 가지고 있다. 부근에 사는 사람들에게도 될 수 있는 한 내 모습이 눈에 띄지 않게 하려고 항상 어두워진 다음에 살짝 집에 들어간다.

그런 마음의 짐이 있기 때문에, 아내나 아이들을 생각해서라도 집에 돌아온 날은 익살맞은 행동으로 웃음거리를 만들어 주어야 한다.

"사모님. 잠시 못 뵌 동안에 더 예뻐졌네요."

"당신은 잠시 못 본 동안에 더 바보가 된 거 아녜요?"

그렇게 가족들의 웃음을 이끌어 낸다. 얼마나 가련한 아버지인가.

"난 가족을 위해 인간 샌드백을 하고 있다."

어느 누가 물어도 나는 그렇게 대답한다. 이것은 틀림없는 진심이다.

그러나 그럼에도 불구하고 나는 한 걸음 바깥으로 나가기만 하면 우연히 만난 친구들의 요구에 내 능력 이상의 도움을 주려고 든다. 없는 돈까지 건네주고 만다. 가족이 사는 아파트의 집세를 내지 못하고 있을 때에도 가부키초에서 나를 도와주는 사람들을 위해 돈을 써 버린다. 가족을 위해 몸이 너덜거리도록 맞아 번 돈을 친구에게 빌려줘 버린다. 이는 이미 호인을 넘어서서 인격 파탄자라고 해야 마땅하다.

"네가 지금 남을 돕고 있을 처지가 아니잖아?"

이웃을 사랑하라고 하신 예수님도 틀림없이 그렇게 화를 낼 것이다.

어쩌면 난 사실은 아무도 사랑하고 있지 않은 것인지도 모른다. "아내를 사랑하고 있다. 가족을 사랑하고 있다. 친구를 사랑하고 있다."라고 입으로는 말을 하면서도, 항상 바로 눈앞에 있는 남에게 손을 뻗어 주는 나 자신을 좋아하는 것에 불과한지도 모른다…….

이러한 내게 강력한 반성을 촉구하는 사건이 일어났다. 아들이 물건을 훔쳤던 것이다.

좀처럼 가족에게 모습을 보이지 않으니 같은 반 친구들이 아버지에 대해 물어도 대답할 수가 없다……. 그런 아이의 삶 가운데 아들은 가족들에게 늘 이렇게 말했다고 한다.

"아버지고 뭐고 정말 싫어!"

아들은 내게 있어서 사내아이가 너무나 갖고 싶어서 어쩔 줄 몰라 하던 차에 겨우 얻은 막내이자 장남이다. 가족과 떨어져 살게 되기 전에는 딸들의 비난을 무시하고 끔찍하게 사랑하던 외아들이다. 아무리 바쁠 때라도 자는 시간을 아까워하며 같이 놀았던 친구 사이라고 믿고 있었다.

언젠가, 아내는 눈에 눈물을 보이면서 내게 이렇게 말했다.

"지금도 자기를 얼마나 사랑하고 있는지 모르는 아버지를 무시하고 '제일 싫다'고 말하는 아이의 기분을 생각하면, 그게 제일 딱하고 가엾고……."

내가 가족과 떨어져 살게 되면서 아들은 아빠를 잃었다. 뿐만 아니라 아버지의 빚 때문에 엄마가 일하러 나가게 되었으니 엄마와의 소중한 시간까지 잃게 되었다. 집에 돌아오지 않는 나와 파트타임 근무로 바쁜 아내. 부모의 애정이 가장 필요한 때에, 내가 그 모두를 아이에게서 빼앗아 가 버린 것이다.

그런 생활 가운데 아들이 물건을 훔쳤다. 물건이 탐나서 훔친 것이 아니다.

"외로워서……."

이유를 따져 묻자 그렇게 대답했다고 한다.

나는 가장 사랑하는 아들에게 용서받지 못할 죄를 저질렀다.

내가 하루, 또 하루 인간 샌드백 장사를 계속하는 것은 내 목숨을 단축시키는 일일뿐만 아니라 가족에게도 이런 꼴을 당하게 만드는 일이다.

내가 지금 제일 먼저 해야 할 일은 가족을 위해 인간 샌드백을 하는 것이 아니라, 가족을 위해 하루라도 빨리 인간 샌드백을 그만두어야 하는 것이 아닐까…….

인간 샌드백의 끝없는 꿈

내 자신의 몸과 가족의 마음을 생각하면, 하루라도 빨리 인간
샌드백을 폐업해야 할 것이다. 그것은 움직이기 어려운 사실이
다.

그렇지만 이 일 말고는 다른 살 길을 찾을 수가 없어서 결국은
다시 맞는 일을 하며 살고 있다. 이 또한 사실이다.

"스스로 도망치지 않는 대신에 죽을 곳을 찾아 인간 샌드백을
하고 있는 것은 아닌가."

그런 말을 들은 적이 있다.

솔직히 말해, 그 지적이 틀렸다고 딱 잘라 말할 수는 없다.

'이렇게 빚을 지고서 아무 대책도 없는 나는 남한테 얻어맞는
일 말고는 할 게 없다. 여러분, 모쪼록 이런 나를 때려 주시

오.'

그런 마음이 있는 것도 분명하다.

그래도 죽을 장소일 터인 인간 샌드백이 어느새 나에게는 유일한 삶의 장소가 되어 버렸음도 틀림없는 사실이다…….

나는 인간 샌드백을 한 덕분에 많은 사람들을 만났다. 만일 전기 공사 회사만으로 사는 인생이었다면 결코 만나지 못했을 사람들을 만나 둘도 없이 소중한 인생을 공유할 수 있었다.

인간 샌드백은 막다른 곳에 몰린 내가 하루 벌이를 위해 시작한 일이다. 물론, 지금도 그것은 달라지지 않았다. 그러나 그저 하루 벌이를 위한 장사였던 것이 그 이상의 뭔가가 될 수도 있다는 가능성을 살짝 보여 준 사람들도 있다.

설사 그것이 떠올랐다가 사라지는 꿈에 지나지 않았다고 해도, 꿈을 꿀 가능성이 있음을 가르쳐 준 사람들이 있는 것이다.

"인간 샌드백이라는 장사가 뭔가 또 다른 꿈으로 연결될지도 모른다……."

그런 말을 입에 담기 시작한 내게,

"그런 바보 같은 걸 꿈꾸지 말고 좀 더 착실한 일을 찾아라."

라고 말해 준 사람도 있다. 그렇지만 포기하면 꿈은 거기에서 끝이다. '설사 100% 중 99%가 안 된다고 하더라도, 1%라도 남아 있다면 그 가능성에 걸겠다.'라는, 누구나 다 알고 있는 교훈을 우직하게 믿을 마음마저 없다면 내 인생은 더 괴로워지고 말 것이다.

맞아도 맞아도 빚은 생각처럼 줄어들지 않고, 몸은 상처 받는다. 잠깐 동안의 꿈이 허무하게 사라져 마음마저 다쳤을 때, 나는 스스로에게 묻는다.

'어이, 하레루야. 너, 아직 버티고 서 있을 수 있는 거냐?'

그런 때 내 마음 깊은 곳에서 이런 목소리가 나온다.

'괜찮아, 어떻게든 될 거야.'

나는 그 소리를 듣고 다시 한 번 일어선다.

'지금은 밑바닥일지도 모르지만, 더 밑바닥, 땅속 깊은 곳, 마그마를 뚫고 나갈 정도로 깊은 밑바닥까지 가면 다시 반대편 지표로 나올 수 있을지도 모르잖은가……'

그렇게 나는 다시 가부키초로 향하는 것이다.

이런 내가 가부키초에 서 있는 모습을 보고, 나에게 이렇게 말해 주는 사람들이 있다.

"당신을 보고 큰 용기를 얻었습니다. 나도 다시 한 번 힘을 내봐야겠어요."

자랑을 하고 있는 것이 아니다. 우쭐해 있는 것도 아니다. 나는 인간 샌드백으로서의 본분을 잘 알고 있다고 생각한다. 내가 말하고 싶은 것은, 그런 말을 해 주는 사람들 덕분에 나야말로 용기를 얻고 있다는 사실이다.

"꼭 다시 올 테니까 힘내세요."

사람들에게서 그런 말을 들을 때마다 힘이 난다.

아침에 일어났을 때 아픈 몸을 문지르면서,

'이젠 더 못 하겠다. 오늘은 쉬어 버릴까?'

하고 약한 소리를 토해 낸 적이 몇 번이나 있다. 몸 이상으로 마음이 지쳐 버려,

'대체 왜, 나는 매일 이런 짓을 하고 있는 걸까……'

그렇게 생각하는 때도 있다.

그럴 때 다시 나를 일으켜 세워 주는 것은 가부키초에서 만난 사람들에게서 받은 용기이다.

그리고 또 한 가지, 나를 지탱하고 있는 것은 인간 샌드백으로서 이루지 못한 꿈이다.

프로 인간 샌드백으로서 서 온 나는 어느 날인가부터 꿈을 꾸게 되었다.

'미국에 건너가 제일 강한 선수와 싸우고 싶다.'

그렇다. 미국 링에 올라가서 챔피언이 되는 것이 내 꿈이다.

"또 이상한 소리를 하는군."

남들은 그렇게 생각하리라는 것을 나도 잘 안다. 그렇지만 지금 내가 도망치지도 않고, 죽지도 않고, 쓰러지지도 않고 서 있는 것은 그런 꿈이 있기 때문이다.

이제 37세가 된 나는 일본의 링에 오르는 것을 허락 받을 수 없다.

그러나 규칙 상, 미국에서는 내가 링에 설 수 있는 가능성이 없지 않다. 나이 제한이 주에 따라 달라서 내 나이라고 해도 기회가 전혀 없는 것이 아니다. 전 프로 복서가 컴백하는 경우의

심사도 정치력을 지닌 프로모터의 재량에 따라 유동적인 요소가 많다는 말도 들었다. 지금까지의 예를 보더라도 갖가지 예외가 인정되는 케이스가 많았던 것이 사실이다.

 지금도 나는 복서라고 생각한다. 그렇기 때문에 격투가의 본능으로서 이렇게 생각하고 있다.

 '제일 강한 녀석과 싸워 보고 싶다.'

 지금, 나는 인간 샌드백을 하고 있을 때 어떤 생각으로 손님을 맞이하고 있는 줄 아는가?

 '오늘이야말로 보다 강한 녀석이 나와라!'

 맞겨룰 수 없을 정도로 정말 강한 녀석이 나오면 내가 죽을지도 모른다. 그런데도 그런 생각을 하고 있는 것이다.

 나는 인간 샌드백을 시작하고 나서 강해졌다고 실감하고 있다. 이것은 결코 다하지 못한 꿈 때문에 눈이 어두워져 있는 탓은 아닐 것이다.

 예전에 '때리지 못하는 복서' 였던 나에게, 인간 샌드백으로서 '절대 상대를 때릴 수 없다.' 고 하는 자기 규제를 만들어 놓고 계속 맞아 옴으로써 '언젠가 되받아치고 싶다.' 는 강한, 그리고 새로운 욕구가 생겼다. 격투가로서의 욕구불만이 투쟁 본능으로 바뀐 것이다. 인간 샌드백을 함으로써 비로소 '때리지 못하는 복서' 라는 치명적인 약점을 극복할 수 있게 된 것인지도 모른다.

 오직 방어만으로 강적들을 맞는 가운데,

'만일, 지금 이 순간에 내가 펀치를 뻗는다면 틀림없이 맞을 것이다.'

라는 장면을 무수히 확인해 왔다. 투쟁 본능 때문만이 아니라, 이 기술을 살려 다시 한 번 도전해 보고 싶다.

매일 어떤 사람에게서 1,000엔을 받아 쥘 때마다 복서로서의 투쟁 본능과 스트레스가 내 체내에서 마그마처럼 소용돌이친다. 이것을 단숨에 폭발시켜 보고 싶다.

이것이 인간 샌드백의 이루지 못한 꿈이다.

아무리 괴로울 때라도 사람에게는 그릴 수 있는 꿈이 있다. 그리고 그 꿈이 있기 때문에 아무리 괴로운 처지라고 해도 다시 일어설 수 있다. 내게 있어서 그것은 미국의 링에서 제일 강한 녀석과 싸우는 일인 것이다.

"내게는 인간 샌드백밖에 살 길이 없다."

그렇게 말해 왔던 내게 사람들은 이렇게 말했다.

"그럴 리 없을 거야. 곰곰이 궁리해 보면 다른 방법이 얼마든지 있을 거야."

그러나 내가 지금 도망치지 않고 살아 갈 수 있었던 것은 분명 인간 샌드백으로서 서 왔기 때문이다. 인간 샌드백의 이루지 못한 꿈을 계속 꾸고 있기 때문이다…….

무너져 버릴 듯한 상태에 처했을 때, 인간은 저마다 그 벼랑 끝에서 버텨 낼 에너지를 가지고 있다. 그리고 그 에너지를 어떻게 짜내는가 하는 방법도 저마다 가지고 있을 터이다. 벼랑 끝에서 버텨 내지 못한 사람이란, 에너지가 없어서가 아니라 그 방법을 찾아내지 못한 사람인 것이다.

벼랑 끝에 몰린 나는 남들이 보면 바보가 아닌가 싶을 방법을 찾아내 그것을 2년이나 계속해 왔다. 그리고 하루 또 하루 그 일을 계속하는 동안에 남이 보기에는 바보스러운 일이라 할지라도, 그 바보스러운 일을 하고 있기 때문에야말로 바보같이 에너지가 솟아난다는 것을 알게 되었다. 빚이나 다른 사람이 나를 궁지에 몰아넣는 것이 아니라, 정말로 자신이 스스로를 궁지에 몰아넣을 수 있을 때, 바보처럼 용기가 솟아난다는 것을 깨달았다.

이런 나에게도 언젠가는 인간 샌드백을 그만두는 날이 찾아오겠지만…….

내가 가부키초에서 모습을 감추는 날, 그것은 내가 쓰러져 몸을 못 쓰게 되었거나, 아니면 재기에 성공해서 발을 씻었거나, 둘 중에 하나이다. 그 중간은 있을 수 없다. 그 중간 상태라면 계속 서 있는 수밖에 없는 것이다. 길바닥에 쓰러져 죽거나, 빚을 다 갚고 부활하거나, 그중 어느 한쪽밖에 없다. 그것이 인간 샌드백의 결말인 것이다.

나는 오늘도 또 가부키초에 선다. 맞지 않아도 살 수 있는 내일을 목표로 선다.

사실 내게는 미국의 링에 선다고 하는, 이루지 못한 꿈보다도 훨씬 더 큰 꿈이 있다. 모든 빚을 갚고, 아니, 설사 다 갚지 못

하더라도 다시 한 번 아내와 세 아이들과 함께 살고 싶다는 꿈이다. 작은 집, 작은 방이라도 좋다. 따뜻한 등이 켜져 있고, 아내가 있고, 아이가 있고, 다섯 식구의 웃음소리가 메아리치는 가정을 되찾고 싶다. 이제, 정말로 사랑하고 있음을 알게 되었으므로……

  그날을 위해 나는 오늘도 맞으며 산다 —

후기를 대신하여

1998년 12월, 처음 맞기 시작한 지 벌써 2년의 세월이 흘렀습니다.

나는 인간 샌드백으로서의 대전이 끝난 다음, 도전자에게 반드시 감상을 써 달라고 합니다. 그런 노트도 어느새 20권을 넘게 되었습니다. 인간 샌드백으로서의 기록을 남겨 두고 싶어서 시작한 것인데, 지금은 단순한 기록에 머물지 않고 나로 하여금 인간 샌드백을 계속하게 해 주는 정신적인 기둥이 되고 있습니다. 여기에 그 일부를 소개하는 것으로 후기를 대신하고자 합니다.

정말 후련해졌습니다. 덕분에 범죄를 저지르지 않을 수 있었습니다.

그저 전직 복서라고 해서 할 수 있는 장사가 아니라고 생각합니다.

훌륭한 사람입니다.

오늘로 아홉 번째. 또 오도록 하죠.

정말로 강한 사람입니다, 몸도 마음도.

오늘 당신을 만나서 정말 좋았습니다. 사나이 중의 사나이로 군요.

앞으로 사흘만 더 하고 그만두세요! 몸이 견뎌 내지 못한단 말입니다!!

대전 후, 눈물을 참을 수가 없었습니다. 뒤에서나마 응원하겠습니다.

2000년 12월
때려 줘서 고맙습니다. 하레루야 아키라

주먹이 운다

초판 1쇄 발행 2005년 3월 16일

지은이   하레루야 아키라
기획 · 번역   윤덕주
디자인   조희정
편집   윤남희
발행   (주)엔북

(주)엔북

우)121-829 서울 마포구 상수동 341-9 보림빌딩 B동 4층
http://www.nbook.seoul.kr
전화   02-334-6721~2
팩스   02-332-6720
메일   goodbook@nbook.seoul.kr

신고 제300-2003-161
ISBN 89-89683-35-1 03830

값 8,500원